Einaudi Ragazzi

Storie e rime

231

Collana diretta da Orietta Fatucci

Titolo originale: *Margot la malice et autres contes. Huit héroïnes d'ici et d'ailleurs*
Prima pubblicazione 2000, Albin Michel Jeunesse, Parigi

ISBN 88-7926-494-x

www.edizioniel.com

Véronique Beerli

Belle, astute e coraggiose

Otto storie di eroine

Traduzione di Maria Vidale

Illustrazioni di Stéphane Girel

Einaudi Ragazzi

Alla vita! A Lucien! A Raphaël!
Un grazie di cuore a tutte le persone
che, ciascuna a suo modo,
hanno alimentato questa vena
di sorridente malizia...
V.B.

A Cécile Arvin-Bérod
S.G.

Belle, astute e coraggiose

Otto storie di eroine

Avvicinatevi e state bene a sentire: le parole compiranno l'incantesimo. I racconti che ascolterete, avrete voglia di ascoltarli ancora e ancora, li leggerete e li rileggerete.

Lasciatevi incantare dalle eroine che prendono vita nel racconto: mi sono venute incontro, hanno esercitato su di me il loro fascino e mi hanno persuasa a raccontarvi la loro storia. Le ho amate cosí come le ho viste e sentite, familiari e vive. Vedo i loro piedi camminare svelti lungo la strada del destino, calzati di stivali con la pelliccia oppure di sandali, infilati in scarpine eleganti, con stivali rossi dai tacchi alti, oppure dentro umili zoccoli, o semplicemente scalzi.

Che siano celtiche, indiane o italiane, le mie eroine hanno un passo libero e spavaldo. Sono delle buone compagne di strada.

Che siano impulsive o riservate, delicate o robuste, figlie di re o di un povero contadino, sono sempre piene di risorse. Una indovina il senso nascosto delle parole, un'altra valica le montagne, un'altra ancora, di fronte a un pericolo, non esita a battersi con un gigante.

In una storia c'è una ragazza sveglia e dal carattere forte, che nulla riesce a smontare; in un'altra, una principessa piena di intuito e di saggezza; in un'altra ancora, una donna che sa denunciare un'ingiustizia in modo garbato e pieno d'arguzia.

Ora è uno scoppio improvviso di risa, ora una treccia che si scioglie e scende sulle spalle come una cascata di seta, ora una mano che sa intervenire al momento giusto e rende il mondo un po' piú saggio e piú rotondo...

Ma io sto parlando troppo.

Lasciamo parlare il racconto!

In una grande casa di pietra scura,
c'è della gente che chiacchiera e ride.

Si ode una musica di violini e tamburelli.

Fuori il cielo è di piombo e il vento è gelido.

Su una panca vicino al fuoco sono sedute
tre donne.
Quella che sta al centro tiene in braccio
un neonato,
e con l'altro braccio tiene stretto un racconto.

Uno dei ballerini le dà una spinta...
La donna riesce a trattenere il bambino,
ma il racconto le sfugge di mano.

E le parole si mettono anch'esse a ballare.

La musica si ferma e nella stanza si fa
un gran silenzio, perché nessuno vuole perdere
una parola del racconto che inizia.

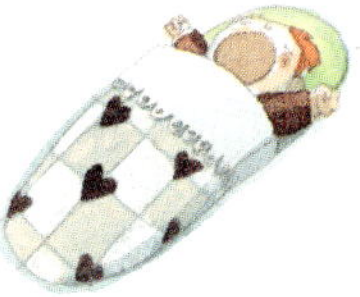

Sette spade e sette scope

In un vasto terreno lussureggiante, circondato da foreste e da montagne e attraversato da un largo fiume, c'erano due case che si fronteggiavano. In una casa viveva un mercante con la moglie e sette figli maschi, in quella di fronte viveva un altro mercante con la moglie e sette figlie femmine. Il luogo sembrava ideale per una vita serena e tranquilla, ma per il padre delle sette ragazze non era cosí. Infatti, tutte le sante mattine, non appena apriva le imposte della sua camera, egli trovava ad aspettarlo il suo dirimpettaio che gli gridava: «Buongiorno! Come stanno le vostre sette scope?» La frase era pronunciata con un tono pieno di scherno ed era cosí carica di sottintesi che il padre delle sette ragazze restava senza parole e richiudeva in tutta fretta la finestra. Cosí passavano i giorni, le settimane, gli anni... e sempre, tutte le mattine, quella frase: «Buongiorno! Come stanno le vostre sette scope?» Mattina dopo mattina, il padre delle sette ragazze restava impietrito, con l'amaro in bocca e una rabbia impotente nel cuore. Egli amava teneramente le figliole, e il fatto che il suo vicino lo sbeffeggiasse proprio su ciò che aveva di piú caro al mondo gli riusciva intollerabile. Il brav'uomo diventava sempre piú nervoso, perdeva il sonno e l'appetito, e incubi tremendi lo svegliavano nel cuore della notte. Tuttavia nessuno, nemmeno sua moglie, riusciva a fargli confessare la causa del suo tormento. Un giorno, finalmente, la figlia piú piccola, che non era affatto la piú sciocca, riuscí a farlo parlare. Quando il padre le confidò la sua pena, la ragazza scoppiò in una bella risata e disse:

– Se si tratta soltanto di questo, padre mio, lasciate fare a me! Domattina, quando il nostro dirimpettaio vi saluterà nel solito modo, voi dovrete rispondergli cosí: «Buongiorno a voi! Come stanno le vostre sette spade? Voglio proporvi una scommessa. Io prendo la mia ultima scopa, voi prendete la vostra prima spada e vediamo chi dei due sarà capace di portare a casa per primo lo scettro e la corona del re. Se ci riuscirà mia figlia, voi perderete tutti i vostri averi, ma se vincerà vostro figlio, tutto quello che io ho sarà vostro. Avete capito?»

Cosí parlò la figlia minore, e il padre rimase di stucco.

– Ma tu vuoi la mia rovina! – le disse.

– Voi occupatevi della scommessa, padre. Al resto penserò io.

La notte fu interminabile per il padre delle sette ragazze. Nel cielo brillavano ancora le ultime stelle, e lui era già sul balcone che camminava avanti e indietro ripetendo il discorso che avrebbe dovuto fare al vicino. Quando la finestra di fronte si aprí, il padre dei sette ragazzi lanciò il suo solito, odioso: «Buongiorno! Come stanno le vostre sette scope?» Il padre delle sette ragazze rispose all'istante:

– Buongiorno a voi! E le vostre sette spade come stanno? Vi propongo una scommessa. Voi prendete la vostra prima spada e io prendo la mia ultima scopa. Diamo a ciascuno un cavallo e una borsa di denari e vediamo chi dei due porterà a casa per primo lo scettro e la corona del re. Se vincerà mia figlia, voi perderete tutti i vostri beni, se vincerà vostro figlio, io perderò i miei.

L'altro mercante guardò il dirimpettaio con gli occhi sbarrati, pensando che gli avesse dato di volta il cervello.

– Non avrete mica paura, per caso? – gli chiese allora il padre delle sette ragazze.

– Paura, io!? Figuriamoci! Firmiamo

subito il contratto e aspettiamo che ritorni mio figlio, – rispose il padre delle sette spade.

E cosí, accanto alla fontana che troneggiava al centro del piazzale fra le due case, il contratto fu firmato.

Quando il figlio maggiore lesse il contratto, fu tutto contento. L'idea di viaggiare con la bella figlia minore del vicino gli piaceva moltissimo.

L'indomani mattina, il padre gli diede il cavallo piú bello della sua scuderia, sontuosi abiti vermigli e una grossa borsa piena di monete.

Quando il giovane arrivò sul piazzale, vide che la ragazza era già pronta, issata su un minuscolo cavallo bianco, e la trovò cosí buffa che dovette fare uno sforzo per non scoppiare a ridere. Ma la fanciulla aveva un portamento cosí nobile e altero, eretta sulla sella del suo cavallino focoso, che il giovane ne fu intimidito e osò soltanto accennare un saluto.

Le due famiglie uscirono sul piazzale per augurare ai ragazzi buon viaggio e venne dato il segnale della partenza.

Il cavallino della ragazza partí come un fulmine, distanziando subito il cavallo piú grande.

Per raggiungere la città del re, bisognava prima di tutto attraversare un'immensa foresta, folta e oscura, dove gli alberi erano cosí fitti e i cespugli cosí intricati da non lasciare spazio nemmeno per un sentiero. La ragazza vi si addentrò guidando il suo cavallino fra i tronchi, scavalcando le macchie, evitando i cespugli spinosi e gli acquitrini.

Il figlio del mercante, invece, faceva una gran fatica a dirigere il suo grosso cavallo, che si incastrava di continuo fra i rami, si impantanava negli acquitrini e restava impigliato in mezzo ai rovi.

La ragazza sul cavallino bianco era già uscita dalla foresta e correva via veloce.

Forza, galoppa, primo spadino, se vuoi raggiungere quel cavallino!

Per recarsi nella città del re, bisognava poi valicare un'alta montagna. Giunta alle pendici, la fanciulla si fermò. Osservò con attenzione le pareti scoscese, i punti dove c'erano rocce, ghiaioni e radici sporgenti, in cerca del sentiero che conduceva al valico. Poi riprese il cammino, mentre il rumore degli zoccoli dell'altro cavallo si avvicinava.

Il cavallino bianco attaccò coraggiosamente il pendio e poco dopo galoppava tra le nevi del valico, mentre il cavallo grande era ancora alle prese con i sassi della pietraia.

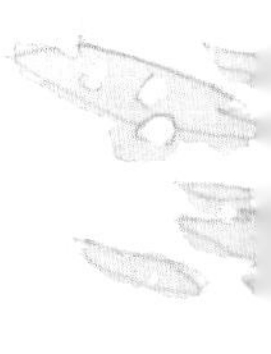

Forza, galoppa, primo spadino, se vuoi raggiungere quel cavallino!

Superato il valico, la fanciulla cavalcava tranquillamente lungo i prati, dirigendosi verso la città del re, mentre sentiva in lontananza i nitriti spaventati dell'altro cavallo in difficoltà.

Per giungere alla città del re, bisognava ancora attraversare un grande fiume profondo dalle acque scure e vorticose. La figlia del mercante individuò subito un guado che il cavallino bianco attraversò senza sforzo.

Mentre stava guadagnando l'altra riva, la ragazza scorse il giovane che l'aveva raggiunta e spingeva in acqua il suo cavallo, senza però avere idea di dove fosse il guado. Cosí le onde lo spinsero parecchio lontano... mentre la fanciulla proseguiva per la sua strada. Ormai aveva un grande vantaggio sul rivale. Povero primo spadino, oramai non raggiungi il cavallino!

La fanciulla arrivò nei pressi della capitale sul fare della notte: fece appena in tempo a oltrepassare il ponte levatoio prima che le sentinelle lo alzassero.

Trovò una locanda in cui passare la notte e una scuderia per il suo cavallino bianco.

L'indomani si travestí con abiti maschili e si presentò a un mercante che subito l'assunse come commesso.

Questo mercante era un fornitore del palazzo reale e poiché il suo nuovo commesso aveva un bell'aspetto e buone maniere, gli affidò l'incarico di consegnare le sue merci al re.

Il re notò subito il nuovo arrivato, che aveva detto di chiamarsi Canif, e lo apprezzò a tal punto che lo assunse a corte come scudiero.

Tuttavia piú lo osservava, meno l'aspetto del giovane scudiero lo convinceva. Un giorno, il re si confidò con sua madre:

– Madre, tu conosci il nostro nuovo scudiero. Non trovi anche tu che ci sia in lui qualcosa di strano? È forte, sveglio, e con i cavalli è straordinario. Però... quella vita cosí sottile, quei gesti cosí aggraziati... E poi sa cantare, sa leggere e scrivere... Madre, io ti dico che Canif è la donna che ho sempre sognato.

– Sei sicuro di quello che dici, figlio mio? Sei sicuro di non avere troppa immaginazione? – chiese la regina.

– Ma sí, madre mia, ve l'assicuro. Il mio cuore non può ingannarmi: questo scudiero è in realtà una fanciulla. Ma come faccio ad averne la prova?

– Mi è venuta un'idea, – disse la regina. – Portalo a caccia. Se prende di mira i cardellini, vuol dire che caccia per puro piacere, e allora è un uomo. Se sceglie le quaglie, vuol dire che caccia per mangiare, e allora è una donna.

Il re seguí il consiglio della madre e portò a caccia lo scudiero. Come sempre, Canif era in sella al suo cavallino bianco. Per indurlo in errore, il re mirava alle quaglie. Ma ogni volta che appariva una quaglia e Canif si apprestava a tirare, il cavallino faceva uno scarto improvviso.

Attenta, ragazza!
Se scarta il cavallo,
c'è sotto un tranello!

Canif capí allora che non doveva tirare alle quaglie e disse al re:

– Maestà, abbiamo quaglie a sufficienza. È molto meglio tirare ai cardellini, credetemi.

Quando il re fece ritorno a palazzo, raccontò a sua madre com'erano andate le cose, e alla fine concluse:

– Eppure, il mio cuore non può ingannarmi. Canif è la donna che ho sempre sognato.

– Figlio mio, – disse allora la regina, – porta Canif nell'orto a raccogliere l'insalata. Se raccoglie soltanto il cuore delle lattughe, vuol dire che è una donna perché dimostra pazienza. Se prende il cespo tutto intero, vuol dire che è un uomo.

Il re mandò a chiamare Canif, e quando seppe che era nell'orto a far pascolare il suo cavallino, subito lo raggiunse e gli chiese di aiutarlo a cogliere l'insalata. Prese egli stesso a cogliere un cuore di lattuga alla volta, ma il cavallino, che li aveva seguiti, si mise a strappare con i denti i cespi interi.

Attenta, ragazza!
Se morde il cavallo,
c'è sotto un tranello!

Canif capí al volo il messaggio e si mise a raccogliere di buona lena i cespi interi, con tutta la terra e le radici.

«Canif è la fanciulla che voglio sposare, e domani devo assolutamente sapere la verità» si disse il re con ostinazione.

Il giorno dopo, il re invitò Canif a fare una passeggiata; quando furono sulla riva del fiume, propose al suo scudiero di fare un bagno. Canif non poteva certo tirarsi indietro...

– Ma certo, Maestà, con piacere! Dopo di voi, naturalmente! – gli rispose.

Il re si spogliò e si buttò in acqua.

– Vieni anche tu, Canif! L'acqua è deliziosa! – disse il re.

Ma proprio in quel momento si udí un nitrito e un forte rumore di zoccoli: era il cavallino bianco che arrivava al galoppo.

Su, ragazza, se ti spicci,
io ti tolgo dai pasticci!

– Guardate, Maestà! Il mio cavallino si è imbizzarrito! Permettete che corra a fermarlo!

E Canif sparí nel bosco, inforcò il suo cavallino e si presentò a palazzo.

– Dov'è il re mio figlio? – chiese la regina, preoccupata.

– Maestà, è successo questo: il re si è spogliato

per fare un bagno nel fiume, ma subito dopo sono arrivate delle guardie che volevano arrestarlo. Allora mi ha mandato qui a prendere la sua corona e il suo scettro perché le guardie lo possano riconoscere.

La regina si affrettò a consegnare a Canif le preziose insegne del re. E Canif se ne andò canterellando sul suo cavallino bianco...

Ce l'abbiamo fatta, mio buon cavallino,
a chiudere il becco al nostro vicino!

La fanciulla ripercorse la via del ritorno senza alcuna difficoltà: guadò il fiume, valicò la mon-

tagna, attraversò la foresta e tornò da suo padre, che cosí vinse la scommessa. Quanto alla prima spada... il giovane si presentò a casa alcuni giorni dopo, contrito e umiliato per essere stato battuto.

E suo padre, il padre delle sette spade, capí finalmente quanto può valere una figlia femmina, e fu molto fiero di abitare accanto a una scuderia tanto magnifica.

«E il re?» mi chiederete voi...

Siccome sta ancora cercando la sua corona e il suo scettro, sono sicura che un giorno o l'altro

capiterà in quell'immensa proprietà circondata da foreste e da montagne e attraversata da un grande fiume, in cui ora vivono due mercanti amici.

Ma quel che accadrà, questo racconto non lo dirà!

Kate

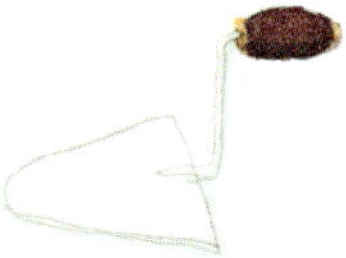

Tanto, tantissimo tempo fa... le strade erano lastricate d'oro e le pecore di notte ballavano. Voi di certo non potevate esserci, perché siete troppo giovani, ma io c'ero, visto che ho un bel po' di annetti sulle spalle! A quei tempi, in Irlanda, se qualcuno manifestava l'intenzione di farsi costruire un castello, una torre o una casa, tutti gli davano un'unica risposta:

– Rivolgetevi alla famiglia dei Goban, perbacco! Quelli sí che ci sanno fare con la pietra, il legno e il ferro!

In verità in Irlanda non s'erano mai visti, prima di allora, dei costruttori esperti e abili come i Goban, e non se ne sono mai visti nemmeno dopo.

Ma come fecero a diventare cosí bravi?

Io lo so. E se volete starmi ad ascoltare, vi racconterò la loro storia.

È una storia familiare piuttosto insolita, che cominciò quando i Mac Namara si stabilirono sull'altra sponda del fiume, accanto alla casa di mastro Goban.

Goban, a quell'epoca, era un giovane artigiano. Aveva una brava moglie, e tutti e due attendevano la nascita di un figlio. Anche nella famiglia Mac Namara c'era un bambino in arrivo, ma siccome la moglie aveva già avuto parecchi figli, e tutti maschi, il marito l'aveva avvertita che, se questa volta non avesse partorito una femmina, lui ne avrebbe fatte vedere di tutti i colori a lei e al bambino.

Ora, sentite un po' come il destino, con i suoi giochi misteriosi, pensò di unire le due famiglie.

I due neonati vennero alla luce nella stessa notte. Bridget, la levatrice, non fece che correre da una casa all'altra. La moglie di Goban partorí una bambina. Quella di Mac Namara partorí un maschietto.

«Che cosa farà Mac Namara quando verrà a sapere che gli è nato un altro maschio?» si chiedeva Bridget, angosciata. «Per il momento metterò in salvo il bambino e poi ci penserò!»

La levatrice fasciò in fretta e furia il neonato e annunciò a tutti che era nata una bambina.

Pazzo di gioia, Mac Namara scese subito in cantina a prendere un barile di whisky e corse a dare la buona notizia agli amici.

Nel frattempo Bridget, stringendo al petto il bambino dei Mac Namara, attraversava il fiume nel cuore della notte per recarsi dai Goban.

– Buonasera, signora Goban, – disse la levatrice. – Sono tornata da voi, non perché sia preoccupata del vostro stato, ma per questo bambino che è nato stanotte. Guardate quant'è carino! Eppure, non appena lo vedrà, Mac Namara lo farà a fettine proprio come un salame!

– Che terribile destino! – esclamò la giovane madre. – Quest'uccellino è capitato nel nido sbagliato. A noi non importa, che sia maschio o femmina Goban sarà felice comunque.

Bridget guardò le due creature e il suo viso color di luna si illuminò.

– E se noi li scambiassimo, questi due neonati? Potremmo dare una mano al destino: la bambina, dai Mac Namara, sarà trattata come una regina, e noi salveremmo la vita di questa creatura, – propose.

Le parole della levatrice toccarono il cuore della giovane madre. Ben presto le due donne furono d'accordo.

– Allora mi porto via la bambina, – disse la levatrice prima di andarsene, – però dovremo tenere la bocca chiusa, questo dovrà restare un segreto tra di noi!

E cosí i Mac Namara ebbero la piccola Kate, mentre i Goban ebbero il piccolo Finn.

Passarono i mesi, le stagioni, gli anni. Vivace e svelta come una lepre, furba come un ermellino, avveduta come una civetta, cosí era Kate. Nelle lunghe serate d'inverno o nelle limpide sere d'estate, la gente veniva da lontano per sentirla suonare il violino. Lei era cosí allegra e spumeggiante che, non appena sentivano le prime note del suo violino, tutti ridevano. E sulle note che seguivano, tutti si alzavano e si mettevano a ballare.

Finn andava già nei cantieri ad aiutare il padre, e prometteva molto bene.

Dopo il tempo delle foglie, viene il tempo dei fiori. E Kate, diventata ragazza, faceva sognare tutti i giovanotti.

Un giorno, mentre lavoravano insieme in un cantiere, Goban sorprese per l'ennesima volta suo figlio con il naso per aria e lo sguardo trasognato.

– È da un po' che ti vedo pensieroso, figlio mio...

Finn, sistemando un blocco di pietra, rispose:

– Sí... stavo pensando. Mi stavo dicendo che vivere in due dev'essere molto meglio. Mi piacerebbe sposarmi, ma come faccio a scegliere la compagna giusta?

Il vecchio Goban gli fece l'occhiolino.

– Senti, ragazzo, io avrei un'idea.

– Dimmi, padre, ti ascolto.

– Ecco... Tu vai al mercato con questa pecora, ti metti in mezzo alla piazza e gridi: «Chi sarà capace di vendere questa pecora e di tornare con la pecora e con i soldi?» Se trovi una ragazza che riesce a fare una cosa simile, portatela a casa, perché è una persona preziosa.

L'indomani, di prima mattina, Finn partí di buon passo con la sua pecora alla volta del mercato. Si mise in mezzo alla gente e cominciò a gridare:

– Chi sarà capace di vendere questa pecora e di tornare con la pecora e con i soldi?

Intorno a lui tutti scoppiarono a ridere. Se non fosse stato per la sua fama di ottimo artigia-

no, la gente l'avrebbe preso per lo scemo del paese.

Tornato a casa, Finn trovò suo padre che l'aspettava sulla soglia.

– Allora, Finn, com'è andata la tua giornata?

– Peggio di cosí non poteva andare, padre, – rispose Finn. – Torno a mani vuote e la gente si è fatta un sacco di risate alle mie spalle!

– Bah, nessuno poteva immaginare quello che tu cercavi realmente, figlio mio. Non ti scoraggiare e tornaci anche domani.

Il secondo giorno fu peggiore del primo. E il terzo giorno c'era già parecchia gente pronta a cacciare via a suon di sassate e di patate marce lo scemo e la sua pecora, quando Kate arrivò al mercato e lo sentí chiedere:

– Chi sarà capace di vendere questa pecora e di tornare con la pecora e con i soldi?

La ragazza si avvicinò a Finn con un sorriso divertito.

– Dammi questa pecora, tornerò fra poco, – disse con aria sorniona.

Si allontanò dalla piazza del villaggio e si recò in una fattoria vicina dove si fece dare un paio di forbici per tosare.

«Clic, clac!» fecero le forbici.

– Beeh, beeh! Perché tosi me? – fece la pecora.

– Oh, che bel sacco di lana! – fece Kate.

La ragazza tornò al mercato e in quattro e quattr'otto vendette la lana che aveva tagliato. Poi prese la pecora tosata e cercò di farsi largo tra la folla. Finn, che intanto si stava spazientendo, riconobbe già da lontano la ragazza, con il suo vestito rosso e i lunghi capelli.

– Ecco fatto! Qui c'è la pecora e qui c'è il denaro. Che ne dici? – disse Kate raggiante.

Finn la prese per mano.

– Vieni, ti porto a casa mia. Vorrei presentarti a una persona.

– Ah, sí? E a chi?

– Zitta! La strada è lunga, hai tutto il tempo per indovinare... Ti prego, non dire di no!

Kate fece finta di resistere, ma poi acconsentí a seguirlo, perché Finn le piaceva molto.

Una volta a casa, Finn raccontò al padre l'episodio del mercato e gli presentò Kate.

Goban, che l'aveva conosciuta da piccola, contemplò ammirato la bellezza della ragazza, e di lí a poco trovò il modo di apprezzarne anche l'intelligenza.

– Vedi questo mucchio di soldi che sta sul tavolo? – le chiese. – A che cosa ti fa pensare?

– Penso che ci vuole piú tempo a far crescere i soldi sul tavolo che a far crescere la lana sopra le pecore, – rispose Kate.

Questa risposta piacque molto a Goban, che invitò la ragazza

a seguirlo in giardino per mostrarle la torre e gli edifici che lui e il figlio avevano costruito.

– E di questo cosa dici, Kate?

Kate sfiorò la pietra con le dita, come accarezzandola, e rispose:

– Quando vedo questi muri, ammiro la mano che ha saputo costruirli.

Mastro Goban sorrise.

Passò un po' di tempo prima che i due giovani si dichiarassero il loro amore.

Il giorno delle nozze, violini e cornamuse sembravano stregati, e suonarono come non mai.

Fu in quell'occasione che io consumai le mie belle scarpette da ballo.

E cosí la bella Kate entrò in quella stessa famiglia che aveva lasciato in segreto il giorno della sua nascita. Nessuno seppe il vero motivo per cui madama Goban non stava in sé dalla felicità.

I Goban erano sempre stati una famiglia felice, ma da quando Kate viveva con loro, la loro vita era diventata una festa.

La fama di abili costruttori dei Goban si era ormai diffusa per tutto il paese, e il lavoro non mancava di certo. Kate, che sapeva disegnare bene, li aiutava facendo i progetti.

Un giorno, i Goban stavano per iniziare la costruzione di una muraglia e Kate fece un'osservazione:

– Io non ho la vostra esperienza, ma ogni volta che vi guardo mentre sistemate i blocchi di pietra, non posso fare a meno di pensare che sarebbe piú semplice tendendo un filo da una all'altra delle due estremità del muro. Non vi pare?

I due artigiani l'ascoltarono con attenzione.

– Eh, ragazza mia... Tu hai dell'ingegno, davvero... – disse mastro Goban.

I due uomini seguirono il consiglio di Kate e alla fine della giornata avevano fatto il lavoro di una settimana.

A partire da quel giorno, le costruzioni dei Goban non ebbero piú rivali, in Irlanda. La loro fama, passando di bocca in bocca, aveva attraversato i fiumi e persino il mare.

A quei tempi viveva in Inghilterra un signore molto ricco e potente che sognava di farsi costruire un castello eccezionalmente bello. Quando venne a sapere della singolare maestria dei

Goban, subito mandò loro un messo con la promessa di una ricompensa straordinaria se gli avessero costruito il piú bel castello d'Inghilterra. Quella proposta scatenò una vivace discussione nella famiglia Goban.

– Se accetteremo di andare in Inghilterra, dovremo abbandonare parecchi cantieri, – fece notare Finn.

– Tu dimentichi, figlio mio, che la nostra Kate è un ottimo capocantiere. Cosa ne dici, Kate?

Kate, che ormai si era appassionata a quel mestiere, era entusiasta all'idea di viaggiare per tutto il paese per sorvegliare l'andamento dei lavori. Fu quindi deciso di comune accordo di accettare la proposta, e iniziarono i preparativi per il grande viaggio.

Al momento degli addii, Kate sussurrò all'orecchio del marito:

– Diventa amico delle persone che lavoreranno con te. Ridi e scherza con loro, balla e bevi assieme a loro qualche bicchiere di whisky. Cosí, se qualcuno tramasse qualche complotto contro di voi, lo verresti subito a sapere. Ricordati, mio caro: chi vuole avere un castello unico al mondo tenterà di accorciare la vita delle persone che l'hanno costruito.

– Farò molta attenzione, Kate.

Padre e figlio si misero in

cammino. Attraversarono valli, fiumi e infine il mare. Giunti sul luogo della costruzione, si misero immediatamente all'opera e allestirono il piú grandioso cantiere che si fosse mai visto.

E dalle quattro mani dei Goban sorgevano, come per incanto, mura e bastioni, torri e torrette che suscitavano l'ammirazione e la meraviglia di chi guardava. Una sera di festa, a un operaio che si complimentava con lui, Finn, con gli occhi lucidi e brillanti di orgoglio, rispose:

– Quello che vedi, ragazzo mio, è stato costruito dalle nostre mani, ma quello che non sai è che dietro tutto questo c'è la mano preziosa di mia moglie.

E gli fece vedere i progetti e gli schizzi di Kate, la moglie amatissima di cui aveva tanta nostalgia.

Un giorno, una domestica arrivò tutta agitata insistendo per parlare al giovane Goban.

– Fa' attenzione, Finn! Stamattina, per caso, ho sentito il mio padrone dire che, non appena il castello sarà terminato, vi farà rinchiudere nella cella piú buia della prigione!

Finn avvertí subito suo padre.

– Per mille diavoli! – tuonò Goban. – Maledetta canaglia, è cosí che credi di sbarazzarti di noi, vecchio stoccafisso! Per i baffi e la barba di mio nonno, deve ancora nascere l'uomo capace di gabbare un Goban! Senti, figliolo, ci conviene fingere di non sapere niente: fino a quando non avremo posato l'ultima pietra di questo sciagurato castello, noi saremo al sicuro. Dopo, dovremo stare molto attenti...

– Padre, se ci rinchiudono qua dentro non potremo mai fuggire! Nessuno conosce meglio di noi lo spessore di questi muri! Dobbiamo escogitare un piano...

«Quale piano?» vi chiederete voi. Be', state a sentire il seguito.

Tutto andò liscio fino alla posa dell'ultimo blocco di pietra. Il signore visitò il castello dall'alto in basso, dal basso in alto e da nord a sud.

Trovò mastro Goban sulla torre piú alta.

– I miei complimenti, mastro Goban! Avete mai visto un castello cosí bello?

– In verità, signore, questo castello è sicuramente tra i piú belli, ma... devo dire che il castello reale ha una torre principale piú bella e piú alta di quella del vostro!

– Ma come?! Non puoi aggiungere al mio castello una torre che sia piú alta e piú bella ancora?

– Certamente, ma per farlo ho bisogno di un attrezzo particolare che qui non ho. Se voi mi date

il compenso che abbiamo pattuito, io potrei andare a prendere quell'attrezzo a casa mia e poi tornerei qui a farvi la torre che desiderate, – rispose Goban.

– Non è il caso che ci andiate voi, che siete stanco e avete bisogno di riposo. Manderò mio figlio a cercare il vostro attrezzo, – rispose furbescamente il signore.

Prima di partire, il figlio del signore andò da Goban per chiedergli istruzioni.

– Andrai a casa mia con un servo, – gli disse Goban. – Lí troverai mia nuora e le chiederai di darti un attrezzo che si chiama: «torto-per-torto, uncino-per-uncino».

– Torto-per-torto, uncino-per-uncino! Che razza di lingua parlate, voi irlandesi? – commentò perplesso il giovane signore.

E subito si mise in cammino. Giunto a casa dei Goban, spiegò che era stato mandato da padre e figlio a prendere un certo arnese che si chiamava «torto-per-torto, uncino-per-uncino», il quale doveva servire a costruire una torre supplementare nel castello di suo padre.

Nell'udire quelle parole, Kate capí immediatamente che i suoi cari erano in pericolo e le si strinse il cuore. Ma fece finta di nulla, si mostrò affabile e ospitale e disse alla suocera di servire all'ospite cibo e bevande.

Dopo il pranzo, chiese al giovane signore:

– L'attrezzo che ti devo dare è lassú, in cima a quello scaffale. Potresti aiutarmi a prenderlo? Usa questo sgabello.

E mentre il giovane, in equilibrio sullo sgabello, cercava l'attrezzo, Kate spinse pian piano, aiutata da madama Goban, una cassapanca di quercia vicino allo sgabello e aprí il coperchio.

Cosa pensate che sia successo?

«Crac!» fece lo sgabello cadendo.

«Bum!» fece il figlio del signore in fondo alla cassapanca.

«Crr!» fece il coperchio della cassapanca, richiudendosi.

«Clic!» fece la serratura.

Kate raggiunse il servo che aspettava fuori con i cavalli.

– Va' a dire al tuo padrone: «Potrai rivedere tuo figlio soltanto quando i due Goban, padre e figlio, saranno tornati a casa loro, liberi e con l'oro che hai promesso come ricompensa. Altrimenti, potrai scordarti di avere avuto un figlio».

Quando il servo giunse in Inghilterra e comunicò il messaggio, il signore capí che avrebbe dovuto cedere. Liberò i due irlandesi e diede loro una borsa piena d'oro. Cosí finí l'avventura d'oltremare dei Goban.

Immaginate la festa, quando i due tornarono a casa! Mentre erano a tavola, durante il pranzo, madama Goban e Bridget la levatrice, che partecipava all'allegria generale, si sedettero vicino a Goban e gli raccontarono come erano andate le cose in quella famosa notte in cui Kate e Finn erano nati.

Goban, commosso, abbracciò gli uni e gli altri e raccontò l'intera storia ai presenti, che si misero a piangere per la sorpresa e la gioia.

Mastro Goban non stava nella pelle tanto era orgoglioso di avere come figlio del cuore un artigiano come Finn e una figlia di sangue straordinaria come Kate.

A un tratto si alzò un'aria di giga suonata alla cornamusa e tutti si misero a ballare. Ballarono, ballarono, e forse ballano ancora oggi...

Io non potevo ballare perché avevo le scarpe bucate, però il racconto ve l'ho narrato lo stesso!

L’astuta Margot

In tutte le cucine del villaggio, c'erano due belle trecce appese sopra il paiolo: una treccia di agli e una di cipolle.

In tutte le cucine, tranne che in quella di Margot, dove c'era una treccia in piú, fatta con tante caramelle e dolcetti avvolti in una bella carta rossa, per i bambini.

Nella cucina di Margot c'erano, sparsi un po' qua e un po' là, panni di tutti i colori stesi ad asciugare, e aleggiava un buon odore di spezie e di liquirizia... E poi c'era Margot con un foulard in testa e ai piedi un paio di stivali rossi con il tacco alto, che si dondolava sul suo alto sgabello.

Quella mattina Margot era appena tornata a casa con una fascina di legna per il fuoco, dopo essere stata dal macellaio, quando arrivò mastro Francesco che le disse cosí:

– Margot, ho invitato una persona a cena e vorrei che tu prendessi due bei capponi teneri e ce li facessi arrosto.

– Mi metto subito al lavoro, – rispose Margot.

Dovete sapere che Margot lavorava come

cuoca per alcune famiglie del villaggio. E cosí andò subito nel pollaio, scelse due capponi belli grassi, tirò loro il collo, li sbollentò, li spennò, li svuotò delle interiora, li lavò e li mise sul fuoco. I capponi cominciarono a rosolarsi e dopo un po' furono cotti a puntino... ma l'ospite non arrivava.

– Mastro Francesco! – gridò Margot. – Anche se il vostro ospite non arriva, io devo togliere i capponi dal fuoco. Ma è proprio un peccato non poterli mangiare quando sono cotti a puntino nel loro bel sugo, dorati e croccanti.

Mastro Francesco disse allora che sarebbe andato a prendere l'ospite a casa sua e uscí. Ed ecco la nostra Margot sola soletta con i suoi due capponi.

Dio, che profumino! Non lo senti anche tu questo profumo di arrosto, tu che mi ascolti?

Che cosa avresti fatto al suo posto?

Margot tolse i capponi dal fuoco e si dondolò sullo sgabello.

«E se aggiungessi un po' di vino per non farli seccare troppo?»

E... HOP! versò un bel bicchiere di vino nel tegame. Poi... ma perché no? si versò un altro bicchiere e lo tracannò d'un fiato.

Tutta animata dal vino, Margot ascoltava lo sfrigolio del tegame che le diceva: «Senti come rosolo bene, senti come sono ben cotti questi capponi!»

Corse alla finestra per vedere se Mastro Francesco stesse arrivando con il suo ospite, ma il vicolo era deserto...

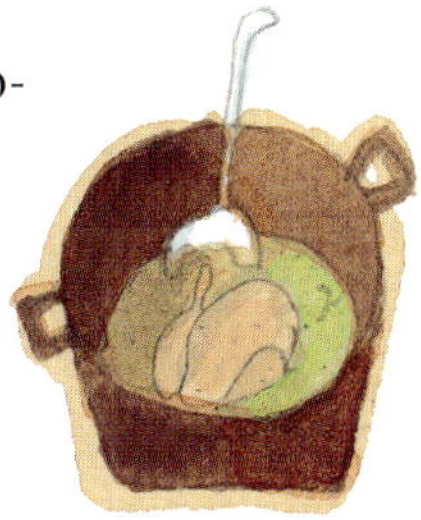

«E se avessi dimenticato qualcosa?» si chiese Margot. «È meglio che ne assaggi un pezzetto, mi dispiacerebbe troppo rovinare questa pietanza per una sciocchezza!»

E piano piano, con delicatezza, Margot staccò un pezzettino di un cappone, ma proprio sotto, dove non si vedeva... Dio, com'era buono!

Qualche minuto dopo Margot, che covava i capponi con gli occhi, vide che un'ala si stava bruciacchiando. «È meglio che la mangi subito, quest'ala si brucerà di sicuro, me lo sento». E si pappò l'ala leccandosi le dita.

Ma un cappone con un'ala sola ha un aspetto cosí bruttino...

E... HOP! Margot mangiò anche l'altra ala.

«Oh!» si disse poi. «Ormai mi sa che a quest'ora quelli non vengono piú! Tanto peggio per loro!»

E cosí si mangiò tutto il cappone. Dopo di che, si mise bella comoda ad aspettare. Ma all'improvviso sentí una gran pena per quel povero cappone che era rimasto solo soletto nel tegame, senza piú il suo compagno, e, in uno slancio di generosità, gli fece fare la stessa fine del primo.

Quando stava mandando giú l'ultimo boccone, ecco entrare mastro Francesco.

– Presto, presto, Margot, il nostro ospite sta per arrivare! – disse l'uomo che, a sentire quell'odorino delizioso, si sentiva svenire dalla fame.

– Meglio tardi che mai! – rispose Margot lanciandogli un'occhiataccia. – Va bene, vi servo subito!

Intanto mastro Francesco si era messo ad affilare il coltello grande:

ZZZ! ZZZ! ZZZ!
TOC! TOC! TOC!

Margot andò ad aprire. Era l'ospite, tutto vestito a festa. Margot gli sussurrò:

– Zitto! Non fatevi sentire e scappate prima che il padrone vi veda, sennò per voi saranno guai! Non so che cosa gli abbiate fatto, ma è furibondo e vi ha invitato a cena solo per tagliarvi tutte e due le orecchie! Sentite questo rumore? È lui che sta affilando il coltellaccio!

ZZZ! ZZZ! ZZZ!

Non appena sentí il rumore del coltello, l'ospite fece un precipitoso dietrofront e se la diede a gambe giú per il vicolo.

Senza minimamente scomporsi, Margot andò da mastro Francesco.

– Ma che razza di gente invitate? Roba da non credersi!

– Perché? Che cosa stai dicendo?

– Sí, proprio un bell'invitato, quello di stasera! Stavo portando in tavola i due capponi, ma non ho fatto in tempo a posarli che lui me li ha tolti di mano e se l'è data a gambe!

– Cosa?! Se li è presi tutti e due? – ruggí mastro Francesco. – Poteva almeno lasciarmi qualcosa da mettere sotto i denti! Ma se l'acchiappo...

E mastro Francesco si lanciò all'inseguimento del ladro. Brandendo il coltellaccio che gli era rimasto in mano, gridava:

– Non tutt'e due, farabutto! Non tutt'e due!

L'ospite, credendo che mastro Francesco alludesse alle sue orecchie, e non volendo farsene tagliare nemmeno una, si mise a correre come se avesse mille diavoli alle calcagna.

Margot andò sulla soglia a veder correre quei due babbei e fu presa da una ridarella irrefrenabile. E rise, e rise tanto che, chissà, forse sta ridendo ancora.

La roccia di Lashyn

Un racconto di Luda

Ciò che sto per raccontarvi accadde molto tempo fa, molto prima che nascessero i nostri padri e i nostri nonni. Prima ancora che il tuo trisavolo si staccasse dalle gonne di sua madre per giocare con il mio.

In quel tempo, un khan molto potente voleva conquistare la Cabardia.

Il ponte che conduce da «Io voglio!» a «Io posso!» si regge su dei pilastri chiamati «Chissà?». Fra il khan e la sua conquista si frapponeva il popolo cabardino e per questo il khan esitava. Da parte loro, i cabardi non avevano alcuna voglia di affrontare un nemico tanto superiore per numero. Cosí, fermi sulle opposte sponde del fiume Baksan, i due eserciti si fronteggiavano e si sfidavano a parole senza mai tentare nulla di decisivo.

Questa situazione non poteva durare in eterno: un giorno il khan inviò i suoi messi al principe della Cabardia.

– Il nostro nobile khan non vuole che sia versato del sangue, – dissero. – Egli è sicuro di vincere, tuttavia vuole darvi una possibilità. Scegliete dunque fra i vostri uomini il guerriero piú forte affinché affronti in combattimento il piú forte dei nostri. Se vincerà il nostro uomo, i cabardi dovranno pagare un tributo al nobile khan. Se vincerà il vostro, il nobile khan riconoscerà la sua sconfitta.

Questa fu la magnanima proposta, e bisognava rispondere. Un tempo, nel Caucaso era usanza risolvere in questo modo i conflitti fra i vari popoli e clan. La popolazione non aveva cosí da soffrire per le guerre, i giovani, che sono i fiori della vita, venivano risparmiati, e l'onore di tutti era salvo.

In questo, almeno, i nostri antenati dimostravano di essere piú saggi di noi. Il principe cabardino trovò la proposta interessante, ma poiché non era conveniente farsi vedere troppo solleciti nel rispondere, chiese tre giorni di tempo per riflettere. Si riuní allora il consiglio degli anziani per designare il guerriero piú forte e piú valoroso dei cabardi.

E tutti i saggi scelsero Kurgoko, il figlio del vecchio Khatú. Kurgoko era un fiero circasso conosciuto in tutta la Cabardia per la sua forza e il suo coraggio. Egli era perfettamente consapevole del proprio valore, e nell'apprendere che era stato designato per difendere l'onore del suo popolo, disse semplicemente:

– Avete ragione. Non è ancora nata la madre del guerriero che mi vincerà.

– Il tuo coraggio è pari alla tua forza, – disse il principe. – Preparati, circasso, il combattimento avrà luogo tra due giorni.

E il principe fece riferire la sua risposta al khan. Fin dal giorno seguente, si udirono sull'altra sponda del fiume Baksan dei ruggiti terrificanti.

Era il lottatore del khan, un gigante piú orribile di un mostro mitologico, piú spaventoso di un toro inferocito, che non aveva mai conosciuto una sconfitta. Il khan lo teneva incatenato a dei pali di ferro, lo nutriva di carne cruda e lo dissetava con il sangue, che turba la mente e rende feroce la piú mite delle creature.

Subito corsero per tutta la Cabardia mille leggende sulle spaventose gesta di quel terrificante avversario. La paura dilata gli occhi e rimpicciolisce il cuore: a forza di ascoltare tutte quelle chiacchiere, Kurgoko cominciò a dubitare delle proprie forze. E chi dubita ha già perduto la metà del combattimento.

Kurgoko era orgoglioso, ma aveva l'anima retta. Confidò al padre i suoi timori e gli confessò che non era piú sicuro di vincere. Il vecchio non gli mosse alcun rimprovero, ma gli disse:

– Hai fatto bene a parlarmi, figlio mio. Ora bisogna trovare il modo di evitare la disfatta dei cabardi e il disonore della nostra famiglia. Tu cerca di riflettere e di trovare una soluzione, io rifletterò per conto mio.

Padre e figlio rimasero seduti a meditare, scuri in volto e pensierosi, quando arrivò Lashyn, la giovane moglie di Kurgoko. Nel vedere il marito e il suocero cosí accigliati e silenziosi, la donna chiese stupita:

– Che cosa vi preoccupa? È successa una disgrazia?

Kurgoko fece un gesto infastidito per allontanarla.

– Lasciaci in pace, donna, e non fare domande stupide. Dobbiamo risolvere un problema molto grave e non abbiamo nessuna voglia di sentire le tue chiacchiere.

– Se avete un problema, la cosa riguarda anche me. Non capisco perché non vogliate parlarmene. Forse potrei aiutarvi...

Stizzito, Kurgoko rispose rudemente:

– Tu occupati delle faccende di casa e non ti impicciare degli affari di noi uomini!

Offesa, Lashyn uscí senza dire una parola. E i due uomini continuarono a rimuginare senza concludere nulla. Verso sera, il vecchio Khatú uscí per fare due passi in cortile. Era l'ora della mungitura, e Lashyn passava con il suo secchio da una mucca all'altra. C'era una bestia irrequieta che non voleva saperne di essere munta, e a un certo punto la donna, persa la pazienza, sollevò la mucca e la lanciò oltre lo steccato. Khatú restò a guardare la scena con gli occhi sgranati per lo stupore. Poi rientrò in casa e disse a Kurgoko:

– Siamo salvi, figlio mio! È appena arrivato qui un giovane circasso. A vederlo, è sottile e fragile come un adolescente, e nessuno direbbe che è l'uomo piú forte di tutto il Caucaso. Qui nessuno lo conosce, perché finora è vissuto in un villaggio sperduto tra le montagne. Combatterà lui al tuo posto, e sono certo che vincerà!

Queste parole suonarono cosí offensive per Kurgoko che il suo viso si coprí di rossore.

– Vuoi che riconosca davanti a tutti la mia mancanza di coraggio, padre? – gridò. – Questo non sarà mai! Preferirei morire!

– Ma tu non dovrai umiliarti, al contrario! – rispose il padre. – Quando sarai davanti al gigante, dirai che non puoi abbassarti a lottare con un avversario cosí poco temibile. Dirai: «Che tenti piuttosto di misurarsi con il mio giovane compagno!» E indicherai questo circasso. Il resto non ti riguarda piú.

– Sí, messa in questi termini la cosa si può fare, – disse Kurgoko, rinfrancato.

E uscí per raggiungere gli amici sulla piazza dove gli uomini si riunivano per chiacchierare.

Rimasto solo, Khatú chiamò la nuora.

– Vieni qui e ascolta bene, – disse. – Poco fa ti ho vista castigare una mucca indocile. Non avrei mai immaginato che tu avessi tanta forza, figlia mia!

– Se voi uomini faceste il lavoro che facciamo noi donne, non vi meravigliereste affatto, – rispose Lashyn. – Ci vuole molta forza per portare su dal fiume gli orci pieni d'acqua. Ci vuole molta forza per macinare il grano a mano. Ci vuole molta forza per spaccare la legna, e per fare tutte queste cose tutti i giorni, senza riposare mai!

– Me ne rendo conto, – disse il vecchio. – E mi rendo conto anche di un'altra cosa. Tu, figlia mia, sei in grado di sconfiggere il lottatore nemico.

– Forse avete ragione, padre. Ma chi accetterà di far combattere una donna?

A questo punto Khatú abbassò il tono di voce e disse:

– Ho pensato a tutto. Se calcherai il tuo berretto di pelliccia fino a nascondere gli occhi e se non rivolgerai la parola ad anima viva, nessuno penserà che quel valoroso circasso è una donna. Quando sarà venuto il momento, sarò io a rivelare la verità.

Lashyn sorrise.

– Dopo tutto, non mi dispiacerebbe impicciarmi degli affari di voi uomini! D'accordo, padre. Farò come dite voi.

L'indomani mattina, Kurgoko trovò il giovane circasso lí ad attenderlo. Suo padre gli aveva proibito di rivolgere la parola allo sconosciuto, e cosí cavalcarono fianco a fianco in silenzio fino al luogo prestabilito per il combattimento, dove si era già radunata una gran folla. Sulla sommità di una collinetta, seduto su un tappeto di seta, il khan sorrideva accarezzandosi la barba profumata. Il suo lottatore si esibiva andando su e giú per il campo. Con un pugno spaccava le pietre, con uno spintone sradicava un albero e faceva

tremare il suolo con i suoi passi. La sola vista di quel mostro faceva gelare il sangue dei piú arditi.

Kurgoko scese da cavallo, gettò uno sguardo all'avversario e volse il capo con fare sprezzante:

– È uno scherzo, oppure è un affronto? – disse. – Non penserete che io mi batta con questa palla di lardo! Se questo è il vostro uomo forte, lascio che si misuri con il mio giovane compagno!

– La scelta del combattente appartiene ai cabardi, – disse il khan. – Sia dunque fatta la vostra volontà.

E il combattimento ebbe inizio.

A piedi, senza armi e a mani nude, i due contendenti avanzavano lentamente, ciascuno spian-

do le mosse dell'altro. Poi il gigante scoppiò in una fragorosa risata. Era due volte piú alto, sei volte piú largo e dieci volte piú pesante dell'avversario. Allungò un braccio grosso come il tronco di un platano e, con la punta del suo dito enorme, diede una spinta all'esile circasso.

Ma il circasso non si spostò di un palmo. Sorpreso, il gigante grugní e lo spinse violentemente con tutte e due le mani. Il circasso non si mosse. Infuriato, il gigante indietreggiò per slanciarsi sull'avversario, ma questi fu piú veloce di lui.

Respinse l'assalitore con un manrovescio, poi lo afferrò per la vita, lo sollevò sopra la testa e lo fece volare lontano.

Il terreno di combattimento terminava in un precipizio, una falesia nera che scendeva a picco verso un abisso di cui non si vedeva il fondo. Il gigantesco lottatore volò giú come un uccellaccio nero e scomparve nell'abisso. E cosí finí la sua storia, una volta per tutte.

Allora i cabardi esultanti si proclamarono vincitori, mentre gli uomini del khan si velavano il volto per la vergogna.

– Il combattimento è stato leale e tu hai vinto, – disse il khan al principe dei cabardi.

Allora il vecchio Khatú uscí dalla folla e parlò:

– Guardate, uomini di Cabardia, e guardate anche voi, stranieri! Colui che ha sconfitto il gi-

gante invincibile è una debole donna, la sposa di mio figlio Kurgoko.

E avvicinatosi al circasso, gli tolse il berretto di montone che gli nascondeva il volto: due lunghe trecce brune ricaddero sulle spalle di Lashyn.

Tutti guardavano la donna, impietriti e muti per lo stupore. Poi il khan si inchinò e disse:

– Felice è la terra che genera donne cosí valorose!

E intanto pensava: «Se le loro donne sono cosí forti, quale sarà la forza degli uomini?... Con un popolo di questa fatta mi converrà vivere in pace. Devo fare in modo che tra noi regni l'amicizia».

E cosí fece, da principe saggio quale era.

Se un giorno verrai in Cabardia, la perla del Caucaso, vedrai sulla riva del fiume Baksan un'alta falesia di granito nero. La chiamano la roccia di Lashyn, e gli stranieri si stupiscono che una falesia cosí impressionante porti il nome di una donna. Loro non sanno. Ma tu, ora, conosci la storia e potrai raccontarla agli altri. Una leggenda è fatta per questo.

La figlia del contadino

C'era una volta un contadino povero in canna. Non aveva un soldo, e nemmeno un angolo di terra da coltivare. Aveva però un'unica figlia, bella e brava.

Un giorno sua figlia gli disse:

– Non abbiamo niente da mangiare neanche oggi. E se chiedessimo un pezzetto di terra da coltivare al re nostro signore?

Il re, in uno slancio di generosità, regalò loro non un pezzo di terra incolto, ma un bel prato. Subito, il contadino e sua figlia cominciarono a dissodare il terreno con l'aratro per poter poi seminare il grano.

Quando il campo è bene arato, il raccolto è assicurato. Ma nel corso dell'impresa sopravvenne una sorpresa.

All'improvviso: TOC! Il vomere dell'aratro urtò contro qualcosa di duro. Padre e figlia si chinarono a guardare: era un mortaio d'oro puro.

– Visto che il re ci ha regalato questo campo, noi gli regaleremo questo mortaio! – disse il padre.

– Non penso che sia una buona idea, padre mio, – disse la figlia. – Se tu gli porti il mortaio, il re vorrà avere anche il pestello, e noi il pestello non l'abbiamo trovato.

– Che sciocchezze vai dicendo! – ribatté suo padre.

E senza dare retta alla figlia, il contadino si recò dal re e gli offrí il mortaio d'oro.

– Ti ringrazio, questo dono è molto bello, – disse il re. – Ma dimmi un po', dove hai messo il pestello?

– Sire, io ho trovato soltanto questo mortaio.

– Ah, davvero? Guardie, prendete quest'uomo, gettatelo in prigione e fategli confessare dove ha nascosto il pestello. Liberato non sarà fino a che non parlerà.

Il contadino ebbe un bel protestare, ma non ci fu niente da fare. Il re non volle intendere ragione, e lui si ritrovò chiuso in prigione.

Il pover'uomo non faceva che piangere e gemere:

– Ah... se avessi dato retta a mia figlia, ora non sarei dietro queste sbarre!

Passarono alcune settimane. E il contadino non smetteva di lamentarsi:

– Ah, figlia mia, se avessi dato retta alle tue parole, ora sarei con te a godermi il sole!

A forza di lamentarsi, il prigioniero era diventato lo zimbello delle guardie che ne facevano oggetto di scherno, tanto che la cosa giunse all'orecchio del re. Incuriosito, il re ordinò alle guardie di portargli il contadino e gli chiese:

– Cosa diavolo ti aveva consigliato tua figlia, visto che da mesi non fai che ripetere: «Ah, se le avessi dato retta!»?

– Be'... mia figlia mi aveva avvertito che quel mortaio senza pestello mi avrebbe teso un bel tranello.

– Perbacco! Sei proprio fortunato ad avere una figlia cosí intelligente! Mi piacerebbe incontrarla.

– Ciò che vuole il re, subito è.

Quando la ragazza si presentò nella sala del trono, il re la fece sedere e le offrí da bere.

– Buongiorno, ragazza, – disse il re affabilmente. – Ho sentito parlare di te. Voglio proporti un enigma per vedere se sei davvero cosí intelligente come sembri. Se riuscirai a risolverlo, farò di te la mia sposa.

– Di che si tratta? – chiese la ragazza.

– Dovrai presentarti a me in modo da non essere né nuda né vestita, né a piedi né a cavallo, né a mani vuote né a mani piene.

La figlia del contadino si congedò dal re e riprese la strada di casa. Lungo il cammino, ripeteva tra sé e sé:

– Né nuda né vestita, né a piedi né a cavallo, né a mani vuote né a mani piene.

La strada era lunga. Cammina e cammina, pensa e ripensa, alla fine le venne in mente qualcosa.

E tu che mi ascolti, hai trovato la soluzione? No? Allora sta' a sentire il seguito della storia.

Una volta a casa, la ragazza catturò una grossa lepre, poi acchiappò una quaglia e infine si procurò una rete da pesca.

Dopo di che ripartí alla volta del palazzo reale. E fu cosí che

il re, i cortigiani e tutta la città videro questa scena straordinaria: una fanciulla issata in groppa a una grossa lepre, vestita soltanto di una rete da pesca, che si reggeva con una mano all'orecchio dell'animale, mentre nell'altra mano, oh meraviglia!, teneva una piccola quaglia.

– Soddisfatto, sire? Eccomi a voi cosí come volevate.

E cosí dicendo, aprí la mano per dargli la quaglia, ma l'uccello se ne volò via pigolando e sparí.

Stupefatto e incantato, il re le sorrise.

– Né vestita né nuda, né a piedi né a cavallo, né a mani vuote... Ragazza, hai raccolto la sfida e hai vinto. Voglio fare di te la mia sposa, sempre che lo voglia anche tu.

– Lo voglio con tutto il cuore, – disse la fanciulla ridendo.

Tutti gli abitanti del reame furono invitati alle nozze.

La torta nuziale era cosí grande che ci si poteva entrare a ballare.

Il padre imprigionato fu liberato e il re affidò alla sua giovane sposa la gestione di tutti i beni del regno.

Il mio racconto potrebbe fermarsi qui... E invece no: il racconto continua.

Un giorno, il re sentí un tale chiasso davanti al suo palazzo che scese a vedere che cosa stava succedendo. Trovò due contadini che litigavano furiosamente a causa di un puledrino appena nato.

– Farabutto, questo puledro è mio! – urlava uno.

– No, ti dico che è mio! – urlava l'altro.

La giumenta aveva partorito mentre ciascuno dei due era occupato a vendere la propria legna.

I due carri erano affiancati: uno aveva un tiro di buoi, l'altro un tiro di tre cavalli, fra cui la giumenta. E siccome il puledrino era andato ad accovacciarsi sotto il carro dei buoi, ognuno dei due contadini ne rivendicava la proprietà.

Il re considerò frettolosamente la situazione e sentenziò:

– Quel puledro deve restare là dove si trova!

E cosí il padrone dei buoi se ne andò tutto contento con il puledrino appena nato.

L'altro contadino non voleva rassegnarsi. A chi rivolgersi per avere giustizia, se non a colei che aveva fama di essere la piú saggia del reame: la regina?

– La regina è stata povera come me, lei mi capirà! – pensò.

La regina ascoltò con attenzione il suo racconto e gli diede il suo consiglio.

– Tu domattina verrai a palazzo con una grande rete da pesca. Ti metterai in cima allo scalone, lancerai la rete e poi la tirerai su come se fosse colma di pesci guizzanti. Il re passerà di lí e ti farà delle domande. Ora ascolta bene che cosa dovrai rispondere. Ma, mi raccomando: non una parola su di me!

L'indomani, quando i primi raggi del sole accarezzavano la terra, il re uscí da palazzo tutto elegante, vestito d'azzurro, e vide sullo scalone un uomo che gettava la rete e poi la tirava su con l'aria soddisfatta del pescatore che ha fatto buona pesca.

Incuriosito, il re mandò subito un messo a parlare con quel pazzo per capire che cosa stesse facendo sui rosei gradini dello scalone reale.

– Sto pescando... – rispose tranquillo il contadino.

– Ma qui non c'è un filo d'acqua, – gli fece notare il messo del re.

Il pescatore scoppiò in una risata.

– Non sei bene informato, amico mio. Da quando le mucche si sono messe a fare i puledri, non c'è piú bisogno d'acqua per pescare! E adesso, lasciami pescare in pace!

Quando il messo ebbe riferito queste parole, il re volle subito sapere chi aveva suggerito questa risposta al contadino-pescatore.

Il contadino tentò di negare, ma dopo aver assaggiato la brutalità delle guardie finí per confessare la verità.

Il re, paonazzo di rabbia, si precipitò dalla moglie.

– Poiché hai osato contraddire il giudizio del sovrano, non sei piú degna di essere mia moglie! Tornatene alla tua casupola!

Tale era il suo orgoglio di re.

Tuttavia egli chiese alla donna di accettare un regalo d'addio. Lei avrebbe potuto portare con sé ciò che nel castello le era piú prezioso.

La donna rispose:

– Fra poco verrò da te per dirti addio.

Tale era la sua calma fermezza di donna.

E cosí si preparò alla partenza. Si recò dal re, bevve con lui il bicchiere del congedo e fece caricare sul carro le sue poche cose e l'ultimo regalo del re: un grosso pacco avvolto in un lenzuolo bianco.

Arrivò a casa sul far della notte.

L'indomani mattina, quando si svegliò, il re non riconosceva piú la sua camera.

Dov'era finito? Chiamò il valletto perché gli portasse i vestiti.

Nessuno rispose.

Allora si mise a chiamare a gran voce il barbiere, poi il cameriere perché gli portasse le scarpe, poi il cuoco perché gli portasse la colazione...

Nessuna risposta. Un silenzio di tomba.

«La partenza di mia moglie deve avermi sconvolto il cervello! Sto diventando matto, o cosa...?»

Disperato, si mise a chiamare il medico di corte.

Niente da fare.

Qualche momento dopo, toc, toc, toc! La porta si socchiuse e apparve... la moglie.

– Buongiorno! Hai dormito bene? – chiese la donna accostandosi al letto.

– Ma... dove sono?

– Sei nel mio letto di ragazza. Tu mi avevi chiesto e concesso di portare con me ciò che mi era piú caro fra le cose del castello. E siccome il

mio bene piú prezioso sei tu, ti ho portato con me senza chiedere il tuo parere di re.

Il re si sentí salire le lacrime agli occhi e, pentito della sua cecità, le buttò le braccia al collo.

La donna poi gli disse che, durante la cerimonia di addio, gli aveva messo del sonnifero nel vino, lo aveva impacchettato in un grande lenzuolo di lino e lo aveva trasportato fin lí.

– Tu devi tornare con me al castello, – disse il re. – Una donna saggia e astuta come te non può lasciare un re come me a governare da solo...

E cosí tornarono insieme al castello e celebrarono nuove nozze.

Tutti gli abitanti del reame furono invitati ancora una volta. Venni invitata anch'io. E vi assicuro che la torta nuziale era alta quanto la torre del castello.

E là incontrai anche il padrone della giumenta, che aveva recuperato il suo puledro e che ogni tanto se ne va ancora a pesca con il re...

Savitri

E adesso aprite bene le orecchie, perché la storia che sto per raccontarvi è cosí straordinaria che stenterete a credermi.

C'era una volta, tantissimi anni fa, un paese dai mille profumi e dai mille colori, governato da un re che si chiamava Aswapatti e da una regina che si chiamava Minakshi.

La coppia regale non aveva figli, e nel paese la gente diceva:

«I nostri sovrani sono i migliori del mondo, ma se gli dèi concedessero loro la gioia di un figlio, sarebbero anche i piú felici del mondo».

Aswapatti pregò e digiunò per anni nella speranza di vedere esaudito il loro desiderio. E un bel giorno la grande dea Savitri gli apparve e gli disse:

– Aswapatti, saggio fra i saggi, la tua devozione mi ha commossa. Desidero portare la gioia nel tuo cuore e in quello di Minakshi. Avrete una figlia, e sarà splendente come il sole e forte come un diamante.

Minakshi vide il suo ventre crescere e diventare rotondo come una luna piena, e un giorno

diede alla luce una bambina dalla pelle ambrata e dai grandi occhi scuri.

La principessa fu chiamata Savitri, in onore della dea.

Passarono gli anni, e la fanciulla cresceva come un fiore di loto. Superava per intelligenza i migliori maestri, e ben presto non vi fu poeta, né guerriero, né sapiente, né mercante e neppure cavaliere che potesse competere con lei.

Cosí crebbe la splendida Savitri dagli occhi curiosi, spalancati sulla vita. Se il suo corpo era forte e agile come quello di una giovane tigre, la sua anima incantava.

Un giorno, Aswapatti la chiamò a sé e le disse:

– Savitri, figlia mia, è arrivato per te il momento di partire. Viaggerai per il mondo e sceglierai tu stessa l'uomo che diventerà il tuo sposo.

Nell'udire le parole del padre, la fanciulla si mise a ballare per la gioia.

L'indomani mattina, nella luce dorata dell'aurora, Savitri montò a cavallo e partí, lasciando dietro di sé una nuvola di polvere. Il re e la regina stettero a lungo a guardarla, incapaci di staccare gli occhi da quella figurina che svaniva in lontananza.

Cominciò cosí per Savitri un viaggio straordinario. Conobbe deserti e foreste, oceani e fiumi. Conobbe la luce dell'alba sulle città e l'odore dei sentieri. Conobbe il brulicare delle folle multicolori e la maestà silenziosa delle montagne deserte, dove il tempo si è fermato. Affrontò tempeste e uragani, toccò per la prima volta la neve. Viaggiò a dorso di cammello e a dorso di elefante. Lungo la strada, incontrò uomini e donne interessanti, ma nessun giovane seppe toccare il suo cuore.

Una sera, mentre stava attraversando una foresta, fu sorpresa da un violento temporale. Savitri si mise a cercare un riparo, vide un'umile capanna e chiese ospitalità per la notte. Qualche giorno dopo, radiosa di felicità, fece il suo ingresso nel palazzo paterno. Aswapatti e Minakshi stavano offrendo il tè al vecchio saggio Narada.

– Savitri, luce dei nostri occhi, che gioia rivederti! Siediti qui con noi, beviamo insieme il tè per festeggiare il tuo ritorno... e soprattutto, racconta!

E fra un sorso e l'altro di tè profumato, Savitri racconta.

La teiera era quasi vuota quando Savitri narrò del temporale nella foresta e del suo incontro con il principe Satyavan, figlio di Dyumatsena.

– Satyavan vive nascosto nella foresta con la sua gente, perché suo padre, che è cieco, ha perduto il suo regno. È lui, padre mio, l'uomo che voglio sposare.

Aswapatti si volse verso Narada.

– Savitri sposata con un principe il cui palazzo è fatto di rami e di foglie... Tu che ne dici, saggio?

Narada si accarezzò la barba prima di rispondere:

– Certo, chi non conosce Satyavan, il coraggioso, generoso, retto e saggio Satyavan? Purtroppo, però, Savitri deve rinunciare a sposarlo.

Savitri aggrottò la fronte. Narada la guardò e soggiunse:

– Satyavan è un uomo degno di te, Savitri. Ma ascolta bene quanto sto per dirti: fra dodici mesi esatti l'anima di Satyavan dovrà abbandonare il suo corpo. Il suo nome è già scritto nel libro di Yama, il dio della morte. Avrai un solo anno da vivere con lui, e poi resterai vedova. Pensaci!

Savitri diventò pallidissima, poi disse:

– Ciò che mi hai appena rivelato, Narada, è ignoto ai comuni mortali. Il mio cuore ha scelto Satyavan come marito, indipendentemente dalla durata della sua vita.

Aswapatti e Minakshi sapevano che la loro figliola era tanto bella quanto determinata, e non tentarono nemmeno di dissuaderla.

Si celebrarono le nozze fra aiole di fiori di loto e ghirlande di gelsomino, e tutto brillava d'oro e di carminio. Quindi i giovani sposi andarono a vivere nella capanna dei genitori di Satyavan, nel cuore della foresta.

I giorni trascorrevano dolci come il miele,

spumeggianti e gioiosi come l'acqua di sorgente. Possiate anche voi conoscere giorni altrettanto felici, voi che mi ascoltate. Ma i giorni felici passano in fretta. Ancora un mese, si diceva Savitri, ancora una settimana, ancora quattro giorni...

La giovane donna cominciò a digiunare giorno e notte. Quando arrivò l'ultima mattina, Savitri volle accompagnare Satyavan nella foresta. Gli uccelli cantavano, i fiori brillavano al sole, gli alberi immensi frusciavano dolcemente, ma nella mente di Savitri echeggiavano soltanto le parole di Narada: «Fra dodici mesi esatti l'anima di Satyavan dovrà abbandonare il suo corpo, per-

ché il suo nome è già scritto nel libro del dio della morte».

Savitri stringeva i pugni e continuava a camminare risoluta.

Ma ogni volta che il suo sposo inciampava, lei si sentiva

mancare il cuore. All'improvviso Satyavan barcollò e si prese la testa fra le mani.

– Ah, Savitri, come mi fa male la testa! È come se mille aghi mi pungessero dentro!

Poi cadde a terra privo di sensi. Savitri si sedette accanto a lui e appoggiò con dolcezza la testa dello sposo sulle sue ginocchia. I suoi sensi erano acuiti dal digiuno, e lei si guardò intorno. Ben presto riuscí a distinguere la sagoma di un uomo immenso, con gli occhi scintillanti e una corda in mano.

Giunto davanti a Satyavan, l'uomo si fermò. Savitri posò a terra la testa del marito e si alzò in piedi.

– Chi siete? Cosa venite a fare con questa corda? – chiese.

– Stupenda Savitri dagli occhi profondi, tu riesci a vedermi mentre i tuoi simili non mi vedono, perciò ti risponderò. Io sono Yama, il dio della morte. Sono venuto personalmente a prendere tuo marito, quest'uomo pieno di meriti e di virtú, perché è arrivata la sua ora.

E la giovane donna vide Yama avvicinarsi lentamente e stendere la mano sopra il corpo di Satyavan. Una sagoma luminosa grande come un pollice uscí dal corpo. Yama la prese e la legò con la corda.

In quello stesso momento Satyavan esalò l'ultimo respiro.

Yama se ne andò verso sud. Savitri lo seguí. Lei non camminava, ma correva attraverso la fitta foresta. Grande era il suo coraggio, ma piccolo il suo passo, paragonato a quello di Yama.

CRAC! fece un ramo, spezzandosi sotto il suo piede. Il dio della morte si volse e la vide.

– Savitri, nessun essere umano ha osato seguirmi su questa strada. Torna indietro!

– Voglio accompagnare Satyavan, – rispose lei.

Yama contemplò quella fanciulla luminosa dallo sguardo fermo.

– Il tuo coraggio mi commuove, Savitri. Esprimi un desiderio, e io lo esaudirò. Puoi chiedere qualunque cosa, tranne la vita di tuo marito, che non posso ridarti.

– Il padre di mio marito è cieco, Yama. Vorrei che tu gli restituissi la vista.

– D'accordo, Savitri. Ma adesso torna indietro.

Yama stava attraversando una grande palude. E Savitri? Savitri lo seguiva, naturalmente.

Sareste capaci di fare come lei, voi che mi ascoltate?

È faticoso avanzare nella palude. E per di piú Savitri non camminava, era costretta a correre. Grande era il suo coraggio, ma piccolo il suo passo, paragonato a quello di Yama.

PLUF! fece una pietra rotolando in acqua. Yama si girò di nuovo.

– Savitri, nessun essere umano ha mai percorso questo sentiero. Vattene!

La giovane donna riprese fiato.

– Ma io... io voglio restare accanto a mio marito.

Yama sorrise.

– Intrepida Savitri, poiché hai osato seguirmi fin qui, ti concedo di esprimere un altro desiderio. Puoi chiedermi qualunque cosa, tranne la vita di tuo marito.

– Mio suocero possedeva un grande reame. Fa' che egli sia di nuovo re.

– D'accordo, Savitri, sarà fatto. Ma adesso torna indietro!

Yama si rimise in cammino e ora stava attraversando un deserto pietroso. Savitri, ancora una volta, lo seguiva. Lei non camminava, correva, e i suoi piedi sanguinavano. Grande era il suo coraggio, ma piccolo il suo passo, paragonato a quello di Yama.

TOC! Due pietre rimbalzarono. Yama si girò un'altra volta.

– Savitri, ormai sei quasi arrivata nel mio re-

gno. Mai mortale vi è penetrato prima d'ora! Vattene!

Savitri tacque. Rimase lí, diritta e immobile, nel suo sari rosso e oro, e guardò il dio con occhi fermi e decisi.

Che cosa poteva fare lo stesso Yama, il dio della morte, di fronte a tanta determinazione?

– Savitri, fanciulla senza paura, il tuo coraggio non ha uguali. Esprimi un ultimo desiderio, e io l'esaudirò.

– Dammi la vita di Satyavan.

Yama sorrise e sciolse lentamente il nodo scorsoio.

– Auguro una lunga vita a te e al tuo sposo. Va' a raggiungerlo, Savitri!

Sulla via del ritorno, Savitri non camminò, volò.

Quando raggiunse il corpo di Satyavan, questi si stava risvegliando.

– Sapessi, Savitri, che strana avventura ho vissuto con te in sogno!

Savitri non rispose e lo prese per mano.

Riuscite a indovinare il seguito della storia?

Dyumatsena li aspettava davanti alla capanna. Ora che aveva recuperato la vista, poteva finalmente contemplare la bellezza di Savitri.

Subito dopo arrivò un messaggero con l'annuncio che il vecchio tiranno era stato cacciato e il reame finalmente era libero.

Lacrime di felicità rigavano i volti, e tutti si chiedevano il come e il perché di tanti prodigi.

Allora, fra un sorso e l'altro di tè profumato, Savitri raccontò.

Dyumatsena affidò il governo del regno ritrovato a Satyavan e alla sua saggia e coraggiosa moglie.

E cosí il paese dai mille colori e dai mille profumi si arricchí di altre terre, di altri colori e di altri profumi.

Lucina e Giovanni

La storia che voglio raccontarvi accadde in un tempo lontanissimo. A quel tempo i gatti vivevano come principi e i maiali facevano sempre bisboccia, gli sgabelli si appendevano agli alberi e saltavano di ramo in ramo come le scimmie, e le mucche volavano in cielo proprio come gli uccelli.

Come fossero andate le cose fino a quel giorno, io non lo so. Ma so che ci fu un momento a partire dal quale tutto cambiò. E fu quando Lucina si tolse il suo grembiulone a quadri bianchi e blu e lo buttò per terra, ai piedi di Giovanni.

– Ma insomma, mi hai presa per scema? – strillò. – Io sfacchino dalla mattina alla sera e tu sei buono solo a criticare e a rincasare quando tutte le buone cose che ho cucinato sono diventate fredde!

– Ehi, calma, Lucina, calma! Non ti ho mai vista cosí arrabbiata. Ti dimentichi una cosa: chi fa andare avanti questa baracca sono io! Chi spinge l'aratro sul campo, chi passa l'erpice, chi semina, chi raccoglie, chi fa la potatura, senza parlare della manutenzione degli attrezzi? E se sono tornato cosí tardi da casa di Fernando, è per via della sega che abbiamo aggiustato insieme!

– E per via del vino che avete bevuto insieme, – lo rimbeccò Lucina. – Senti, bello mio, ti faccio una proposta. Voglio darti l'occasione di mandare avanti la baracca per davvero: domani tu lavorerai in casa, e io andrò a lavorare in campagna.

– Ottima idea! Che bellezza! Ti farò vedere io come si tiene una casa...

Lucina preferí non rispondere. L'indomani, all'alba, partí con il carro e il cavallo alla volta della campagna, mentre Giovanni rimase solo soletto in casa.

Per prima cosa, una buona colazione! Pane, burro, salame e caffè, il padrone di casa sta meglio di un re!

– Ho finito il burro, – si disse poi. – È meglio che me ne prepari un po' per il pasto di mezzogiorno.

Aprí il vaso di coccio che conteneva la crema di latte, ne riempí la zangola e cominciò a darsi da fare.

Batti la zangola di buona lena,
e di tenero burro sarà presto piena!

Disgraziatamente Giovanni, nella fretta, dimenticò di richiudere il vaso. Il gatto sentí l'odore della panna e ci tuffò dentro il muso.

Quando il burro fu finalmente rappreso, Giovanni era cosí sfinito

per la fatica che decise di bersi un bel bicchiere di sidro. Scese in cantina e mise un boccale vuoto sotto il rubinetto della botte.

«Ah, già! Ho dimenticato di mettere sui ripiani i barattoli di marmellata che sono ancora in quella cassetta» si disse.

E mentre il boccale si riempiva piano piano, cominciò a sistemare in bell'ordine i barattoli di marmellata.

Ma improvvisamente sentí dei grugniti e un gran baccano provenienti dalla cucina, proprio sopra la sua testa.

– Santo cielo, il maiale! – gridò Giovanni e, scavalcata la cassetta con i barattoli, salí le scale a quattro a quattro.

In casa tutto procede a meraviglia,
Giovanni si è scordato il sidro,
il gatto sta leccando la panna,
la botte si sta vuotando,
e il maiale?

Quando Giovanni arrivò in cucina, era troppo tardi: il maiale si era sistemato dentro la zangola, e poi l'aveva anche rovesciata per papparsi il burro piú comodamente. Il padrone di casa si precipitò sull'animale per convincerlo a rinunciare al burro, ma non è semplice trattare con un maiale che sta facendo una gustosa colazione. Infatti, giustamente inferocita, la bestia fece un bel po' di storie...

Solo dopo che Giovanni si fu ben bene coperto di burro, e dopo che gli ebbe spaccato sulla groppa lo sgabello di legno della cucina, il maiale si decise a uscire dalla stanza emettendo sonori grugniti di protesta. Giovanni lo rinchiuse dentro il recinto e tornò in cucina. Disgraziatamente, nella fretta, si scordò completamente delle marmellate.

In casa tutto procede a meraviglia,
il gatto si è mangiato la panna,
nella botte non c'è piú un goccio di sidro,
il maiale ha spalmato il burro per tutta la cucina,
lo sgabello è buono per far fuoco,
le marmellate non sono ancora a posto.
E la bambina?

La piccola Marianna, svegliata da tutto quel baccano, stava parlottando da sola e sguazzava in mezzo al burro.

– Per tutti i diavoli! – imprecò il padrone di casa. – Ora devo anche cambiare la bambina. Ma come si sbottonano questi cosi?

E Giovanni, maldestro, strappò tutti i bottoni dei calzoncini.

– Maledizione! Ora devo lavare i vestiti e anche cucire i bottoni!

Ma non si perse d'animo. Cambiò la bambina, pulí la cucina e si recò alla fontana per lavare calzoncini e camiciola.

Giovanni lava, torce, strofina, ma il burro non se ne va.

«Forse per l'occasione ci vuole del sapone» si disse.

Ma anche con il sapone, strofina qua, strofina là, il grasso non se ne va.

– Ah, sicuro! Ci vuole dell'acqua calda!

Ma siccome non aveva acceso il fuoco, di acqua calda non ce n'era neanche un po'.

«Basta cosí, laverò questa roba piú tardi, ora devo preparare la zuppa» si disse.

E abbandonò il bucato al suo destino. Poi accese il fuoco, si mise Marianna sulle ginocchia e cominciò a preparare le verdure raccontandole una storia.

Carote, patate, cipolle e altra verdura... eccovi pronte per la cottura!

– Mmm... si sente già un buon profumino, – disse Giovanni tutto contento.

Ma proprio in quel momento sentí la mucca

muggire disperatamente. Giovanni si alzò di scatto e corse nella stalla.

In casa tutto procede a meraviglia,
il gatto ha gustato moltissimo la panna,
il maiale ha fatto bisboccia con il burro,
la botte è vuota e la cantina si è allagata,
le marmellate non sono ancora a posto.
E la mucca?

La mucca muggiva perché aveva fame e sete. Giovanni la fece uscire dalla stalla, le passò la corda intorno al collo e la portò a bere alla fontana.

Dentro la fontana c'erano anche i vestiti di Marianna: la mucca ne assaggiò un po' ma non li trovò di suo gusto, e poi con tutto quel sapone!

– Ormai è troppo tardi per portarla sul prato, – si disse Giovanni, che non si era accorto di nulla. – Quasi quasi la faccio pascolare qua intorno.

Ma poi gli venne un'idea luminosa.

La casa aveva un tetto di ardesia poco spiovente che poggiava sul pendio della collina, per cui era facilissimo salirvi. Per di piú il tetto era coperto di bei ciuffi d'erba fresca.

– Ecco dove ti faccio pascolare, bellezza!

La mucca aveva una gran fame e salí sul tetto senza difficoltà.

Quando hai fame, se sei costretto, vai a mangiare persino sul tetto! Giovanni poté cosí tornare alla sua zuppa.

In casa tutto procede a meraviglia.
Il gatto sta digerendo la panna,
il maiale sta digerendo il burro,
in cantina c'è un lago di sidro,
le marmellate non sono ancora a posto,
lo sgabello è da buttare nel fuoco,
i vestitini non hanno piú bottoni,
la mucca ha assaggiato i panni,
e ora sta brucando sopra il tetto.
E Marianna?

Giovanni la trovò che piangeva disperatamente.

– Hanno tutti fame, qua dentro! – esclamò.

Diede alla bambina un po' di latte caldo per farla stare buona fino all'ora della zuppa. Poi gli venne in mente la mucca.

– Dovrei legarla a qualche cosa. Se mi cade

dal tetto, quella può rompersi una zampa! Ah, ho un'idea!

E in quattro e quattr'otto, Giovanni salí sul tetto, prese un capo della corda della mucca e lo fece passare dentro il camino. Tornato in cucina, si legò la corda al ginocchio.

«Cosí posso tenerla a bada mentre cucino» pensò.

Giovanni si chinò sulla pentola, dove la zuppa bolliva allegramente.

Stava giusto per assaggiarla, quando la mucca cadde giú dal tetto.

Il contadino, con il ginocchio legato alla corda della mucca, si trovò catapultato in aria, con la testa in giú e i piedi in su, e rimase a penzolare dentro la cappa del camino, proprio sopra la pentola, che si rovesciò spegnendo il fuoco.

E meno male che il fuoco si spense, altrimenti... povero Giovanni! Intanto la mucca, che non capiva che cosa le stesse succedendo, agitava gli zoccoli nel vuoto e non riusciva né a risalire né a toccare terra.

Ai due capi della corda, uno agitava le braccia nel camino, l'altra penzolava dal tetto sbattendo le zampe e muggendo a piú non posso. E a questo spettacolo Marianna rideva a crepapelle e batteva le manine.

In casa tutto procede a meraviglia.
Il gatto sta digerendo la panna,
il maiale sta digerendo il burro,
il sidro ha allagato la cantina,
le marmellate non sono ancora a posto,

lo sgabello è stato fatto a pezzi,
i vestitini non hanno piú bottoni,
la mucca ha assaggiato i panni,
la zuppa si è rovesciata tutta,
il fuoco si è spento,
la mucca sgambetta, sospesa tra cielo e terra,
Giovanni guarda il pentolone
con la testa all'ingiú e i piedi per aria.
E Lucina?

Lucina aveva colto le mele, ne aveva riempito il carro e stava tornando alla fattoria. Aveva le ossa ammaccate per la fatica e una gran fame, per cui già pregustava il momento di mettersi a tavola.

Quando scese dal carro, vide la mucca che penzolava nel vuoto,

agitando zampe e zoccoli. Subito tirò fuori il suo coltello e si mise a segare la corda.

Non appena questa si spezzò, dalla cucina venne un urlo disperato. Lucina si precipitò dentro e trovò uno strano pupazzo tutto coperto di cenere grigia, con i piedi dentro il pentolone.

– E voi cosa ci fate qui? – gridò la donna.

– Lucina, finalmente sei tornata!

– Giovanni! Sei tu?! Ma cosa sta succedendo qua dentro?

E Giovanni le raccontò tutto quello che gli era successo durante la mattinata. Lucina cominciò a ridere, a ridere, e non riusciva piú a fermarsi.

– Ah, è cosí che mandi avanti la baracca, tu! – diceva fra una risata e l'altra. – Questa è troppo bella, bisogna festeggiare. Vado in cantina a prendere un po' di sidro.

Mentre Giovanni cercava di ripulirsi da tutta la cenere che aveva addosso, Lucina, sempre ridendo, scese in cantina e lí, PATATRAC!... inciampò nella cassetta delle marmellate e finí lunga distesa per terra, anzi, nel sidro!

Vedendosela davanti sgocciolante di sidro come una scopa bagnata, Giovanni si ricordò di colpo delle marmellate e del boccale.

– Per mille diavoli, me n'ero scordato!

Lucina cercò la panna per fare un po' di burro, ma il vaso era stato ripulito dal gatto che l'aveva leccato per bene.

Dovettero quindi pranzare con un tozzo di pane secco.

In mancanza dello sgabello, Giovanni se ne stava seduto su una vecchia cassa, riproponendosi di farne uno nuovo.

Quando ebbero pulito, rassettato, cucito... Lucina disse a Giovanni:

– Oggi non è andata molto bene, ma sono sicura che domani te la caverai meglio.

– Cosa?! – gridò Giovanni con gli occhi fuori dalla testa. – Io domani vado in campagna!

– È cosí difficile per te badare alla casa? – chiese Lucina con aria innocente.

E Giovanni, mortificato, rispose:
– Mi rendo conto che per mandare avanti tutti i giorni la baracca, non basta guidare il carro e lavorare in campagna!

Ora Marianna è nel suo lettino, il gatto è sul suo cuscino e ogni tanto fa l'occhiolino. Dopo tante emozioni, la mucca si riposa. Gli abitini son lavati, i bottoni riattaccati, sopra il fuoco la pentola borbotta e il maiale sta sognando una ricotta.

E Giovanni?

Giovanni non è piú quello di prima: se sentiste con quanto rispetto ora parla del lavoro della moglie!

Le camicie di filo d’ortica

C'era una volta, moltissimi anni fa, al tempo dei signori e dei villani, un uomo brutale che si chiamava Burckhard. Era il signorotto piú crudele e temuto di quella contrada, e in tutta la sua vita non aveva mai trovato nessuno che avesse il coraggio di resistergli. Fino a quando incontrò Mahault.

Quella mattina Mahault stava filando all'arcolaio, seduta sotto l'albero che era davanti alla sua casa, e cantava felice. Burckhard, che scorrazzava continuamente per le campagne in groppa al suo cavallo nero, sbucò, accaldato e sudato, da una curva del sentiero. Quando la vide, fermò di colpo il cavallo e stette a contemplarla ammirato: cos'aveva di speciale quella ragazza per brillare a quel modo nella luce del mattino? Ma dopo un po' il crudele signore si riscosse e cominciò a sbraitare con la sua voce da mastino ringhioso:

– Raccogli i tuoi stracci, piccola pezzente, e monta in sella dietro di me. Ti porto a vivere nel mio castello.

A queste parole Mahault, che lo aveva riconosciuto, si alzò in piedi senza posare la conocchia.

– Non posso seguirvi, signore, – rispose. – I miei vecchi genitori hanno bisogno di me, e il mio cuore è già impegnato. E io mi faccio guidare dal mio cuore, signore, non da voi.

Burckhard rimase interdetto. Era la prima volta che qualcuno osava tenergli testa. Fremente di rabbia e con la mascella serrata, fece fare dietrofront al suo cavallo e sparí.

Passarono alcuni giorni, e la ragazza dimenticò quello sgradevole incontro.

Fanciulla coraggiosa,
tu fili all'arcolaio
un abito da sposa,
ma aspettati un bel guaio!

Mahault era tutta intenta a filare sotto il suo albero, quando Burckhard sbucò dal bosco e le si avvicinò.

– Che cosa stai filando, stracciona?

– Se Dio vuole, e se Sua Signoria lo permette, quella che sto filando sarà la mia camicia nuziale.

Burckhard si lasciò sfuggire una specie di ringhio.

– Stammi bene a sentire, ragazza con l'arcolaio. Io sono il tuo signore e padrone, e acconsentirò alle tue nozze soltanto a una condizione: dovrai raccogliere un sacco di ortiche, dovrai trovare il modo di filarle e con quel filo d'ortica fare una camicia. Quella sarà la tua camicia da sposa. Poi prenderai un altro sacco di ortiche, le filerai e farai una seconda camicia, che sarà la mia camicia da morto. Tu potrai indossare la tua camicia da sposa solo il giorno in cui io indosserò la camicia da morto. E non prima! E finché aspetti, visto che sei cosí brava a filare, fila! – concluse con una risata cattiva, e se ne andò.

Mahault lo guardò allontanarsi e pensò sconsolata:

– Forte e robusto com'è, quello camperà cent'anni!

E in uno scatto di rabbia impotente diede un calcio all'arcolaio, facendo volare, assieme al fuso e alla conocchia, la bella camicia che con tanta gioia stava filando poco prima.

Già per filare il lino
ci vuole abilità,
ma filare le ortiche,
a parte le vesciche,
è una calamità!

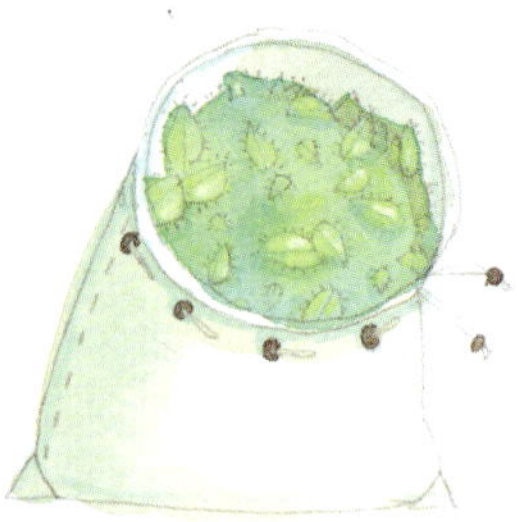

Mahault prese due grossi sacchi di tela e un coltello e si recò in un campo pieno di ortiche. Queste, si sa, non mancano mai intorno ai casolari.

Ortichette, ortiche pungenti,
con le mie dita siate pazienti,
fatevi cogliere e anche filare
perché il mio amato io possa sposare!

A mezzogiorno Mahault aveva già riempito il primo sacco, e prima di sera anche il secondo era colmo. In mezzo alle ortiche, la ragazza aveva trovato anche tre semi di speranza e se li era messi in tasca.

Quella sera Mahault era cosí stanca che si addormentò nel fienile, sopra i due sacchi di ortiche, e con la mano sulla tasca per paura di perdere i semi.

Due sacchi di ortiche,
tre semi di speranza
e un cuore che ama:
non vi sembra abbastanza?

L'alba la trovò che già filava, appoggiata al tronco del suo albero.

Con le sue mani esperte la ragazza domava l'ortica ribelle, e dalle sue dita usciva un meraviglioso filo lucido ed elastico, sottile e resistente.

Dall'alba al tramonto ha sempre filato,
tessuto, tagliato, cucito, stirato,
e ora contempla questa fatica:
la prima camicia di filo d'ortica.

E subito arrivò Burckhard a cavallo, e vide la prima, magnifica camicia.

– Io qui vedo la tua camicia da sposa, ma dov'è la mia camicia da morto?

– Vi prego, signore, non chiedetemi questo! – lo implorò Mahault.

– Se vuoi sposarti, devi ubbidire! Cosí come sei riuscita a filare la prima camicia, puoi filare anche la seconda!

– Sarà fatto come voi volete, signore, – rispose Mahault.

Tirò fuori dal fienile il secondo sacco di ortiche e si mise sotto l'albero con il suo arcolaio. Le sue mani esperte addomesticavano l'ortica ribelle e dalle sue dita usciva un meraviglioso filo lucido e flessibile, sottile e resistente.

Non appena Mahault cominciò a filare la seconda camicia, Burckhard, che era ancora nel bosco, sentí un brivido gelato percorrergli il corpo.

Arrivò al castello ansimante, reggendosi a malapena sulla sella, e subito si coricò nel suo grande letto a baldacchino.

Per tutta la notte, mentre i lupi ulula-

vano alla luna, il malvagio signore delirò, squassato dalla febbre.

L'alba trovò Mahault che già filava all'ombra protettrice del suo albero.

Burckhard, che si sentiva venir meno di ora in ora, chiamò due dei suoi uomini e disse loro:

– Prendete quella ragazza che mi sta succhiando la vita e gettatela dove il torrente è piú profondo!

I due uomini eseguirono gli ordini: presero Mahault con la forza, la legarono, la portarono su una roccia a strapiombo sul torrente e da lí la buttarono nelle acque turbinose. E il vento cantava:

Due sacchi di ortiche,
tre semi di speranza
e un cuore che ama:
non vi sembra abbastanza?

Tutta grondante, ma sana e salva, Mahault uscí dall'acqua e si mise vicino all'albero ad asciugarsi al sole. Poi tornò all'arcolaio. Le guardie non credevano ai loro occhi. Sulle prime non seppero cosa fare, si presero a pizzicotti l'un l'altra per convincersi che non stavano sognando, ma poi si accanirono ancora di piú contro Mahault; afferrarono la ragazza, le legarono al collo una pietra enorme per essere sicuri che andasse a fondo e la spinsero nel torrente con le loro stesse mani.

E il vento mormorava:
sacchi d'ortiche,
semi di speranza,
cuore che ama:
non vi sembra abbastanza?

Ed ecco che la ragazza uscí dal torrente grondante d'acqua, ma viva e vegeta, e, come se niente fosse, si rimise a filare al suo arcolaio.

Chi ha staccato la pietra?
Chi ha impedito a Mahault
di morire annegata?
Zitti, non disturbate,
la storia va raccontata...

Quando fu informato del prodigio, Burckhard volle essere condotto subito dalla filatrice di ortiche. Gridò, imprecò, minacciò, supplicò, ma fu tutto inutile. Mahault, come posseduta da una forza misteriosa, continuava a filare imperturbabile.

Con le poche forze che gli restavano, Burckhard, sorretto dai suoi uomini, sguainò la spada e fece per affondarla nel petto di Mahault: la lama si spezzò di netto.

Fu solo allora che la fanciulla alzò su di lui i suoi occhi di fuoco. E fu allora che Burckhard capí che non sarebbe mai riuscito a spegnere quel fuoco.

Barcollando, prese l'arcolaio e CRAC! CRAC! CRAC!, lo ridusse in mille pezzi. Dopo di che ordinò ai suoi uomini di ricondurlo al castello. Ma non avevano fatto nemmeno dieci passi, che davanti a Mahault c'era un arcolaio nuovo.

Dall'alba al tramonto ha sempre filato,
tessuto, tagliato, cucito, stirato,
ma ora è finita anche questa fatica:
un'altra camicia di filo d'ortica.

E quando Mahault tagliò l'ultimo filo, Burckhard, che giaceva ansimante nel suo grande letto, esalò l'ultimo respiro.

Posso assicurarvi che al funerale di Burckhard non c'era molta gente. Erano andati tutti alle nozze di Mahault, dove mangiarono e bevvero a volontà, e cantarono e ballarono. E per tutta la notte si raccontarono questa storia, e ancora e ancora, sempre la stessa. E anche il vento diceva la sua:

Due sacchi d'ortiche,
tre semi di speranza
e un cuore che ama:
non vi sembra abbastanza?

Indice

I racconti di questo libro, fatta eccezione per *La Roccia di Lashyn* (racconto di Luda), sono libere rielaborazioni di racconti popolari spesso molto noti.

Belle, astute e coraggiose
Otto storie di eroine

Einaudi Ragazzi

Storie e rime

1 Mario Lodi, *Bandiera*
2 Mario Lodi e i suoi ragazzi, *Cipí*
4 Mario Rigoni Stern, *Il libro degli animali*
5 Leo Lionni, *Le favole di Federico*
7 Gianni Rodari, *Prime fiabe e filastrocche*
8 Roberto Denti, *Orchi Balli Incantesimi*
9 Gianni Rodari, *La torta in cielo*
13 B. Munari / E. Agostinelli, *Cappuccetto Rosso Verde Giallo Blu e Bianco*
14 Gianni Rodari, *Favole al telefono*
16 Jean de La Fontaine, *Favole*
17 Gianni Rodari, *Il libro degli errori*
19 Mario Lodi, *Bambini e cannoni*
20 Gianni Rodari, *La gondola fantasma*
24 Gianni Rodari, *Fiabe e Fantafiabe*
25 Francesco Altan, *Kamillo Kromo*
28 *La storia di Pik Badaluk*
32 Gianni Rodari, *Gli affari del signor Gatto - Storie e rime feline*
33 *Favole di Esopo*
34 Gianni Rodari, *Novelle fatte a macchina*
35 Pinin Carpi, *C'è gatto e gatto*
36 Jill Barklem, *Il mondo di Boscodirovo*
38 Gianni Rodari, *Storie di Marco e Mirko*
39 Gianni Rodari, *Le favolette di Alice*
44 Gianni Rodari, *Zoo di storie e versi*
45 Bianca Pitzorno, *L'incredibile storia di Lavinia*
46 Nicoletta Costa, *Gatti Streghe Principesse*
47 Pinin Carpi, *Nel bosco del mistero - Poesie, cantilene e ballate per i bambini*

48 Leo Lionni, *Pezzettino e altre storie*
49 Gianni Rodari, *Versi e storie di parole*
52 Gianni Rodari, *I viaggi di Giovannino Perdigiorno*
53 Roberto Piumini, *Fiabe per occhi e bocca*
54 L. Gandini / R. Piumini, *Fiabe lombarde*
55 Gianni Rodari, *Il gioco dei quattro cantoni*
56 L. Gandini / R. Piumini, *Fiabe siciliane*
57 Gianni Rodari, *Il Pianeta degli alberi di Natale*
59 Bianca Pitzorno, *Streghetta mia*
60 Angela Nanetti, *Le memorie di Adalberto*
62 Raymond Briggs, *Babbo Natale*
65 Gianni Rodari, *Filastrocche in cielo e in terra*
67 Beatrice Solinas Donghi, *Quell'estate al castello*
69 Gianni Rodari, *Marionette in libertà*
70 Gianni Rodari, *Il secondo libro delle filastrocche*
72 Roberto Piumini, *Dall'ape alla zebra*
74 Gianni Rodari, *Altre storie*
75 Jill Barklem, *Un anno a Boscodirovo*
77 Gianni Rodari, *Agente x.99: storie e versi dallo spazio*
79 Roberto Piumini, *Lo stralisco*
80 Colin e Jacqui Hawkins, *Storie di mostri e di fantasmi*
81 Gianni Rodari, *Fra i banchi*
84 Roberto Piumini, *Mattia e il nonno*
86 Roberto Piumini, *Motu-Iti - L'isola dei gabbiani*
87 Gianni Rodari, *C'era due volte il barone Lamberto*
94 Roberto Piumini, *Denis del pane*
95 L. Gandini / R. Piumini, *Fiabe toscane*
96 Angela Nanetti, *Mio nonno era un ciliegio*
97 Pef, *Storie strampalate*
99 Mino Milani, *La storia di Tristano e Isotta*
101 Roberto Piumini, *Il segno di Lapo*
102 Mino Milani, *La storia di Dedalo e Icaro*
104 Roberto Piumini, *Zineb e i pirati*
106 Daniel Pennac, *Kamo - L'agenzia Babele*
107 Christine Nöstlinger, *Come due gocce d'acqua*
109 Jackie Niebisch, *Il collegio dei vampiretti - Il finto vampiro*
111 Mino Milani, *La storia di Ulisse e Argo*
112 Lella Gandini, *Ninnenanne e tiritere*
113 Christine Nöstlinger, *Mamma e papà, me ne vado*
114 Nicoletta Costa, *Storie di Margherita*

115 Pinin Carpi, *Il mare in fondo al bosco*
116 Ian McEwan, *L'inventore di sogni*
117 *Storie di papà*
118 L. Gandini / R. Piumini, *Fiabe venete*
119 Beatrice Solinas Donghi, *Il fantasma del villino*
124 Mino Milani, *La storia di Orfeo ed Euridice*
125 Jackie Niebisch, *Il collegio dei vampiretti - Il concorso mostruoso*
126 Daniel Pennac, *L'evasione di Kamo*
127 S. Bordiglioni / M. Badocco, *Dal diario di una bambina troppo occupata*
128 Erwin Moser, *Minuscolo*
129 Roberto Piumini, *La leggenda di Gagliaudo*
130 Susie Morgenstern, *Prima media!*
131 N. Caputo / S.C. Bryant, *Storie e storielle*
132 Sabina Colloredo, *Il bosco racconta*
133 Roberto Piumini, *L'oro del Canoteque*
134 Christine Nöstlinger, *Anch'io ho un papà*
135 Stefano Bordiglioni, *Non dirlo al coccodrillo - Gli animali nel mondo dei bambini*
136 Luciano Comida, *Viviana Gions e le Quattro Tonsille*
137 Roberto Piumini, *La casa arancione*
139 Pinin Carpi, *La regina delle fate*
140 Erwin Moser, *Manuel e Didi - Avventure d'inverno*
141 Stefano Bordiglioni, *Scuolaforesta*
142 G. Quarzo / A. Vivarelli, *Amico di un altro pianeta*
144 Antonella Ossorio, *Quando il gatto non c'è i topi ballano*
145 Angela Nanetti, *Ofelia, vacci piano!*
146 Mario Rigoni Stern, *Il sergente nella neve*
147 Christine Nöstlinger, *La famiglia cercaguai*
148 Daniel Pennac, *Io e Kamo*
150 Oscar Wilde, *Il fantasma di Canterville*
152 Mino Milani, *La storia di Enrico VIII e delle sue sei mogli*
154 S. Bordiglioni / C. Arrighetti, *Sebastiano e i sogni*
156 Isaac Bashevis Singer, *Una notte di Hanukkah*
157 *Storie per tutte le stagioni*
158 Roberto Piumini, *Giulietta e Romeo*
159 Stefano Bordiglioni, *Scherzi. Istruzioni per l'uso - 52 modi per cacciarsi nei guai*
160 Anne Fine, *Il diario di Jennifer*

161 Daniel Pennac, *Kamo - L'idea del secolo*
162 Erwin Moser, *Manuel e Didi - Avventure di primavera*
163 Roberto Piumini, *Tutta una scivolanda*
164 Rudyard Kipling, *Rikki-tikki-tavi*
165 Luciano Comida, *Un pacco postale di nome Michele Crismani*
166 Roberto Piumini, *Tre sorrisi per Paride*
167 Klaus-Peter Wolf, *Piero e Pierino*
168 Walter de la Mare, *Il Re Pesce*
169 *Do re mi fa - Poesie e filastrocche a volontà*
170 Stefano Bordiglioni, *Guerra alla Grande Melanzana*
171 Wilhelm Hauff, *Piccolo Nasolungo*
172 Angela Nanetti, *Angeli*
173 Erwin Moser, *Manuel e Didi - Avventure d'autunno*
174 L. Gandini / R. Piumini, *Fiabe del Lazio*
175 Sarah Orne Jewett, *L'airone bianco*
176 Sabina Colloredo, *Un'estate senza estate*
177 Luciano Comida, *Michele Crismani vola a Bitritto*
178 Klaus-Peter Wolf, *Piero e Pierino innamorati cotti*
179 J.J. Sempé / R. Goscinny, *Le vacanze di Nicola*
180 Hans M. Enzensberger, *Il mago dei numeri*
181 Louis Pergaud, *La guerra dei bottoni*
182 Bernard Clavel, *Il castello di carta*
183 S. Bordiglioni / R. Aglietti, *Teseo e il mostro del labirinto*
184 Nico Orengo, *L'allodola e il cinghiale*
185 Sebastiano Ruiz Mignone, *Il Cavalier Vampiro*
186 Eleanor Farjeon, *Elsie Piddock salta nel sonno*
187 Michel Lucet, *Una trappola in bocca ovvero le avventure di Cristina Boccaspina e del suo apparecchio dentale*
188 Erwin Moser, *Manuel e Didi - Avventure d'estate*
189 Marie-Hélène Delval, *Gatti*
190 Beatrice Masini, *Olga in punta di piedi*
191 Jutta Richter, *Annabella Ciglialunghe*
192 Daniel De Foe, *Robinson Crusoe*
193 Susie Morgenstern, *Burro d'arachidi a colazione*
194 Uwe Timm, *Mimmo Codino maialino corridore*
195 Donatella Bindi Mondaini, *La casa dei cento orologi*
196 Oscar Wilde, *Il compleanno dell'Infanta*
197 Bianca Pitzorno, *Extraterrestre alla pari*
198 Guido Quarzo, *Il viaggio dell'Orca Zoppa*

199 Wilhelm Hauff, *La storia del Califfo Cicogna*
200 Sigrid Heuck, *Storie sotto il melo*
201 Hans Christian Andersen, *C'era una volta, tanto tempo fa*
202 Donatella Bindi Mondaini, *Il brigante e Margherita*
203 Michel Lucet, *Spaccato in due*
204 Oscar Wilde, *Il figlio delle stelle*
205 Luciano Malmusi, *Triceratopino nella valle dei dinosauri*
206 Harry Horse, *Gli ultimi orsi polari*
207 Angela Nanetti, *L'uomo che coltivava le comete*
208 Anne Fine, *Io e il mio amico*
209 Oscar Wilde, *Il Gigante egoista*
210 Roberto Piumini, *C'era una volta, ascolta*
211 Lev Tolstoj, *Filipok*
212 Edgar Allan Poe, *Il gatto nero e altri racconti*
213 Angela Nanetti, *P come prima (media) - G come Giorgina (Pozzi)*
214 Roswitha Fröhlich, *La piccola fantasma*
215 Sigrid Heuck, *Pony, Orso e la stella piú bella*
216 Alan Jolis, *La strega Pienadira e la risata che uccide*
217 Edgar Allan Poe, *Lo scarabeo d'oro*
218 Angela Nanetti, *Gli occhi del mare*
219 Sylvie Fournout, *A come Amleto, B come Bice*
220 Bernard Clavel, *Storie di cani*
221 *Faccia a faccia col fantasma*, a cura di Cornelia Buchinger
222 Mark Twain, *Le avventure di Tom Sawyer*
223 Angela Nanetti, *Veronica, ovvero «i gatti sono talmente imprebedibili»*
224 Gudrun Pausewang, *Basilio, vampiro vegetariano*
225 Nikolaj Gogol, *Il naso*
226 *Storie di fantasmi*, a cura di Susan Hill
227 Nicoletta Costa, *Dove vai, nuvola Olga?*
228 Beatrice Masini, *Signore e Signorine - Corale greca*
229 Sabina Colloredo, *Un'ereditiera ribelle - Vita e avventure di Peggy Guggenheim*
230 Roberto Piumini, *Mi leggi un'altra storia?*
231 Véronique Beerli, *Belle, astute e coraggiose - Otto storie di eroine*

Finito di stampare nel mese di agosto 2004
per conto delle Edizioni EL
presso Editoriale Lloyd S.r.l., San Dorligo della Valle (Ts)